Путешествие из
Петербурга в Москву

А.Н. РАДИЩЕВ

Путешествие из Петербурга в Москву

А.Н. РАДИЩЕВ
(1749-1802)

Когда Александр Сергеевич Пушкин работал над "Капитанской дочкой", он постоянно возвращался к труду Радищева. Несомненно, с его именем также связано пушкинское "Путешествие из Москвы в Петербург".

Статья, которая следует ниже в отрывках, сначала была задержана, а затем окончательно запрещена цензурой в 1836 году.

АЛЕКСАНДР РАДИЩЕВ

> Il ne faut pas qu'un honnête
> homme mérite d'être pendu[1].
> *Слова Карамзина в 1819 году*

В конце первого десятилетия царствования Екатерины II несколько молодых людей, едва вышедших из отрочества, отправлены были, по ее повелению, в Лейпцигский университет, под надзором одного наставника и в сопровождении духовника. Учение пошло им не впрок. [...] .Большая часть из них исчезла, не оставя по себе следов; двое сделались известны; один на чреде заметной обнаружил совершенное бессилие и несчастную посредственность; другой прославился совсем иначе.

Александр Радищев родился около 1750 года. Он обучался сперва в Пажеском корпусе и обратил на себя внимание начальства как молодой человек, подающий о себе великие надежды. Университетская жизнь принесла ему мало пользы. [...] Беспокойное любопытство, более нежели жажда познаний, была отличительная черта ума его. Он был кроток и задумчив. Тесная связь с молодым Ушаковым имел на всю его жизнь влияние решительное и глубокое. Ушаков был немногим старше Радищева, но имел опытность светского человека. Он уже служил секретарем при тайном советнике Теплове, и его честолюбию открыто было блестящее поприще, как оставил он службу из любви к познаниям и вместе с молодыми студентами отправился в Лейпциг. Сходство умов и занятий сблизили с ним Радищева. Им попался в руки Гельвеций. Они жадно изучили начала его пошлой и бесплодной метафизики. Тесная связь с молодым Ушаковым имела на всю его жизнь влияние решительное и глубокое. Ушаков был немногим старше Радищева, но имел опытность светского человека. Он уже служил секретарем при тайном советнике

---

1. Не следует, чтобы честный человек заслуживал повешения *(франц.)*.

Теплове, и его честолюбию открыто было блестящее поприще, как оставил он службу из любви к познаниям и вместе с молодыми студентами отправился в Лейпциг. [...] Теперь было бы для нас непонятно, каким образом холодный и сухой Гельвеций мог сделаться любимцем молодых людей, пылких и чувствительных, если бы мы, по несчастию, не знали, как соблазнительны для развивающихся умов мысли и правила новые, отвергаемые законом и преданиями. [...] Другие мысли, столь же детские, другие мечты, столь же несбыточные, заменили мысли и мечты учеников Дидрота и Руссо, и легкомысленный поклонник молвы видит в них опять и цель человечества, и разрешение вечной загадки, не воображая, что в свою очередь они заменятся другими.

Радищев написал «Житие Ф.В. Ушакова». [...] Он умер на 21-м году своего возвраста от следствий невоздержанной жизни; но на смертном одре он еще успел преподать Радищеву ужасный урок. [...] вскоре муки его сделались нестерпимы, и он потребовал яду от одного из своих товарищей[1]. Радищев тому воспротивился, но с тех пор самоубийство сделалось одним из любимых предметов его размышлений.

Возвратясь в Петербург, Радищев вступил в гражданскую службу, не переставая между тем заниматься и словесностию. Он женился. [...] Следуя обыкновенному ходу вещей, Радищев должен был достигнуть одной из первых степеней государственных. Но судьба готовила ему иное.

В то время существовали в России люди, известные под именем *мартинистов*. [...] Странная смесь мистической набожности и философического вольнодумства, бескорыстная любовь к просвещению, практическая филантропия ярко отличали их от поколения, которому они принадлежали. Люди, находившие свою выгоду в коварном злословии, старались представить мартинистов заговорщиками и приписывали им преступные политические виды. Императрица, долго смотревшая на усилия французских философов как на игры искусных бойцов и сама их ободрявшая своим царским рукоплесканием, с беспокойством видела их торжество и с подозрением обратила внимание на русских мартинистов, которых считала проповедниками безначалия и адептами энциклопедистов. [...]Радищев попал в их общество. Таинственность их бесед воспламенила его воображение. Он написал свое «Путешествие из Петербурга в Москву», сатирическое воззвание к возмущению, напечатал в домашней типографии и спокойно пустил его в продажу.

---

1. А.М. Кутузов, которому Радищев и посвятил "Житие Ф.В. Ушакова" (*Прим. Пушкина*).

Если мысленно перенесемся мы к 1790 году, если вспомним тогдашние политические обстоятельства, если представим себе силу нашего правительства, наши законы, не изменившиеся со времен Петра I, [...] то преступление Радищева покажется нам действием сумасшедшего. [...] Радищев один. У него нет ни товарищей, ни соумышленников. В случае неуспеха — а какого успеха может он ожидать? — он один отвечает за все, он один представляется жертвой закону. Мы никогда не почитали Радищева великим человеком. Поступок его всегда казался нам преступлением, ничем не извиняемым, а «Путешествие в Москву» весьма посредственною книгою; но со всем тем не можем в нем не признать преступника с духом необыкновенным. [...] Как бы то ни было, книга его, сначала не замеченная, вероятно потому, что первые страницы чрезвычайно скучны и утомительны, вскоре произвела шум. Она дошла до государыни. Екатерина сильно была поражена. Несколько дней сряду читала она эти горькие, возмутительные сатиры. «Он мартинист, — говорила она Храповицкому (см. его записки), — хуже Пугачева; он хвалит Франклина». — Слово глубоко замечательное: монархиня, стремившаяся к соединению воедино всех разнородных частей государства, не могла равнодушно видеть отторжение колоний от владычества Англии. Радищев предан был суду. Сенат осудил его на смерть (см. Полное собрание законов). Государыня смягчила приговор. Преступника лишили чинов и дворянства и в оковах сослали в Сибирь.

В Илимске Радищев предался мирным литературным занятиям. Здесь написал он большую часть своих сочинений; многие из них относятся к статистике Сибири, к китайской торговле и пр. Сохранилась его переписка с одним из тогдашних вельмож, который, может быть, не вовсе чужд изданию «Путешествия». Радищев был тогда вдовцом. [...]

Император Павел I, взошед на престол, вызвал Радищева из ссылки, возвратил ему чины и дворянство, обошелся с ним милостиво и взял с него обещание не писать ничего противного духу правительства. Радищев сдержал свое слово. Он во все время царствования императора Павла I не написал ни одной строчки. Он жил в Петербурге, удаленный от дел и занимаясь воспитанием своих детей. [...]

Не станем укорять Радищева в слабости и непостоянстве характера. Время изменяет человека как в физическом, так и в духовном отношении. Муж, со вздохом иль с улыбкою, отвергает мечты, волновавшие юношу. Моложавые мысли, как и моложавое лицо, всегда имеют что-то странное и смешное. [...] Увлеченный однажды львиным ревом колоссального Мирабо, он уже не хотел сделаться поклонником Робеспьера, этого сентиментального тигра.

Император Александр, вступив на престол, вспомнил о Радищеве и, извиняя в нем то, что можно было приписать пылкости молодых лет и заблуждениям века, увидал в сочинителе «Путешествия» отвращение от многих злоупотреблений и некоторые благонамеренные виды. Он определил Радищева в комиссию составления законов и приказал ему изложить свои мысли касательно некоторых гражданских постановлений. Бедный Радищев, увлеченный предметом, некогда близким к его умозрительным занятиям, вспомнил старину и в проекте, представленном начальству, предался своим прежним мечтаниям. Граф З. удивился молодости его седин и сказал ему с дружеским упреком: «Эх, Александр Николаевич, охота тебе пустословить по-прежнему! или мало тебе было Сибири?» В этих словах Радищев увидел угрозу. Огорченный и испуганный, он возвратился домой, вспомнил о друге своей молодости, об лейпцигском студенте, подавшем ему некогда первую мысль о самоубийстве, и... отравился. Конец, им давно предвиденный и который он сам себе напророчил!

Сочинения Радищева в стихах и прозе (кроме «Путешествия») изданы были в 1807 году. Самое пространное из его сочинений есть философическое рассуждение «О Человеке, о его смертности и бессмертии». Умствования оного пошлы и не оживлены слогом. Радищев хотя и вооружается противу материализма, но в нем все еще виден ученик Гельвеция. Он охотнее излагает, нежели опровергает доводы чистого афеизма. [...] Жаль, что в «Бове», как и в «Алеше Поповиче», другой его поэме, не включенной, не знаем почему, в собрание его сочинений, нет и тени народности, необходимой в творениях такого рода; но Радищев думал подражать Вольтеру, потому что он вечно кому-нибудь да подражал. Вообще Радищев писал лучше стихами, нежели прозою. В ней не имел он образца, а Ломоносов, Херасков, Державин и Костров успели уже обработать наш стихотворный язык.

«Путешествие в Москву», причина его несчастия и славы, как уже мы сказали, очень посредственное произведение, не говоря даже о варварском слоге. Сетования на несчастное состояние народа, на насилие вельмож и проч. преувеличены и пошлы. Порывы чувствительности, жеманной и надутой, иногда чрезвычайно смешны. [...]

В Радищеве отразилась вся французская философия его века: скептицизм Вольтера, филантропия Руссо, политический цинизм

Дидрота и Реналя; но все в нескладном виде. [...] Он как будто старается раздражить верховную власть своим горьким злоречием; не лучше ли было бы указать на благо, которое она в состоянии сотворить? Он поносит власть господ как явное беззаконие; не лучше ли было представить правительству и умным помещикам способы к постепенному улучшению состояния крестьян; он злится на цензуру; не лучше ли было потолковать о правилах, коими должен руководствоваться законодатель, дабы с одной стороны сословие писателей не было притеснено и мысль, священный дар Божий, не была рабой и жертвою бессмысленной и своенравной управы, а с другой — чтоб писатель не употреблял сего божественного орудия к достижению цели низкой или преступной? Но все это было бы просто полезно и не произвело бы ни шума, ни соблазна, ибо само правительство не только не пренебрегало писателями и их не притесняло, но еще требовало их соучастия. [...] Какую цель имел Радищев? [...] Влияние его было ничтожно. Все прочли его книгу[1] и забыли ее, несмотря на то, что в ней есть несколько благоразумных мыслей, несколько благонамеренных предположений, которые не имели никакой нужды быть облечены в бранчивые и напыщенные выражения и незаконно тиснуты в станках тайной типографии, с примесью пошлого и преступного пустословия. Они принесли бы истинную пользу, будучи представлены с большей искренностью и благоволением; ибо нет убедительности в поношениях, и нет истины, где нет любви.

А.С. Пушкин
3 апреля 1836 г. Спб.

---

1. В личной библиотеке А.С. Пушкина имелась книга А. Радищева "Путешествие из Петербурга в Москву" с пометками императрицы Екатерины *(Прим. изд.)*.

Чудище обло, озорно, огромно,
стозевно и лаяй.
"Тилемахида", том II, книга XVIII,
стих 514.[1]

А.М.К.[2]

ЛЮБЕЗНЕЙШЕМУ ДРУГУ

Что бы разум и сердце произвести ни захотели, тебе оно о! сочувственник мой, посвящено да будет. Хотя мнения мои о многих вещах различествуют с твоими, но сердце твое бьет моему согласно — и ты мой друг.

Я взглянул окрест меня — душа моя страданиями человечества уязвлена стала. Обратил взоры мои во внутренность мою — и узрел, что бедствия человека, и оттого только, что он взирает непрямо на окружающие его предметы. Ужели, вещал я сам себе, природа толико[3] скупа была к своим чадам, что от блудящего невинно сокрыла истину навеки? Ужели сия грозная мачеха произвела нас для того, чтоб чувствовали мы бедствия, а блаженство николи? Разум мой вострепетал от сея мысли, и сердце мое далеко ее от себя оттолкнуло. Я человеку нашел утешителя в нем самом. "Отыми завесу с очей природного чувствования — и блажен буду". Сей глас природы раздавался громко в сложении моем. Воспрянул я от уныния моего, в которое повергли меня чувствительность и состра-

---

1. Стих из поэмы В.К.Тредиаковского "Тилемахида".
2. Радищев посвящает книгу своему другу — Алексею Михайловичу Кутузову.
3. Объяснение устаревших слов, встречающихся в тексте, см. в конце книги на стр. №: 154

дание; я ощутил в себе довольно сил, чтобы противиться заблуждению; и — веселие неизреченное! — я почувствовал, что возможно всякому соучастником быть во благодействии себе подобных. — Се мысль, побудившая меня начертать, что читать будешь. Но если, говорил я сам себе, я найду кого-либо, кто намерение мое одобрит, кто ради благой цели не опорочит неудачное изображение мысли, кто состраждет со мною над бедствиями собратии своей, кто в шествии моем меня подкрепит, — не сугубый ли плод произойдет от подъятого мною труда?.. Почто, почто мне искать далеко кого-либо? Мой друг, ты близ моего сердца живешь — и имя твое да озарит сие начало.

ВЫЕЗД

Отужинав с моими друзьями, я лег в кибитку. Ямщик, по обыкновению своему, поскакал во всю лошадиную мочь, и в несколько минут я был уже за городом. Расставаться трудно, хотя на малое время, с тем, кто нам нужен стал на всякую минуту бытия нашего. Расставаться трудно; но блажен тот, кто расстаться может не улыбаясь; любовь или дружба стрегут его утешение. Ты плачешь, произнося: прости; но вспомни о возвращении твоем, и да исчезнут слезы твои при сем воображении, яко роса пред лицем солнца. Блажен возрыдавший, надеяйся на утешителя; блажен живущий иногда в будущем; блажен живущий в мечтании. Существо его усугубляется, веселия множатся, и спокойствие упреждает нахмуренность грусти, распложая образы радости в зерцалах воображения. — Я лежу в кибитке. Звон почтового колокольчика, наскучив моим ушам, призвал наконец благодетельного Морфея. Горесть разлуки моея, преследуя за мною в смертоподобное мое состояние, представила меня воображению моему уединенна. Я зрел себя в пространной долине, потерявшей от солнечного зноя всю приятность и пестроту зелености; не было тут источника на прохлаждение, не было древесныя сени на умерение зноя. Един, оставлен среди природы пустынник! Вострепетал. — Несчастный, — возопил я, — где ты? где девалося всё, что тебя прельщало? где то, что жизнь твою делало тебе приятною? Неужели веселости, тобою вкушенные, были сон и мечта? — По счастию моему случившаяся по дороге рытвина, в которую кибитка моя толкнулась, меня разбудила. — Кибитка моя остановилась. Приподнял я голову. Вижу: на пустом месте стоит дом в три жилья. — Что такое? — спрашивал я у повозчика моего. — Почтовый двор. — Да где мы? — В Софии, — и между тем выпрягал лошадей.

СОФИЯ

Повсюду молчание. Погруженный в размышлениях, не примет я, что кибитка моя давно уже без лошадей стояла. Привезший меня извозчик извлек меня из задумчивости. — Барин-батюшка, на водку! — Сбор сей хотя не законный, но охотно всякий его платит, дабы не ехать по указу. — Двадцать копеек послужили мне в пользу. Кто езжал по почте, тот знает, что подорожная есть оберегательное письмо, без которого всякому кошельку, — генеральский, может быть, исключая, — будет накладно. Вынув ее из кармана, я шел с нею, как ходят иногда для защиты своей со крестом.

Почтового комиссара нашел я храпящего; легонько взял его за плечо. — Кого черт давит? Что за манер выезжать из города ночью? Лошадей нет; очень еще рано; взойди, пожалуй, в трактир, выпей чаю или усни. — Сказав сие, г. комиссар отворотился к стене и паки захрапел. Что делать? потряс я комиссара опять за плечо. — Что за пропасть, я уже сказал, что нет лошадей, — и, обернув голову одеялом, г. комиссар от меня отворотился. "Если лошади все в разгоне, — размышлял я, — то несправедливо, что я мешаю комиссару спать. А если лошади в конюшне..." Я вознамерился узнать, правду ли г. комиссар говорил. Вышел на двор, сыскал конюшню и нашел в оной лошадей до двадцати; хотя, правду сказать, кости у них были видны, но меня бы дотащили до следующего стана. Из конюшни я опять возвратился к комиссару; потряс его гораздо покрепче. Казалось мне, что я к тому имел право, нашед, что комиссар солгал. Он второпях вскочил и, не продрав еще глаз, спрашивал: — Кто приехал? не... — но опомнившись, увидя меня, сказал мне: — видно, молодец, ты обык так обходиться с прежними ямщиками. Их бивали палками; но ныне не прежняя пора. — Со гневом г. комиссар лег спать в постелю. Мне его так же хотелось попотчевать, как прежних ямщиков, когда они в обмане приличались; но щедрость моя, давая на водку городскому повозчику, побудила софийских ямщиков запречь мне поскорее лошадей, и в самое то время, когда я намерялся сделать преступление на спине комиссарской, зазвенел на дворе колокольчик. Я пребыл добрый гражданин. Итак, двадцать медных копеек избавили миролюбивого человека от следствия, детей моих — от примера невоздержания во гневе, и я узнал, что рассудок есть раб нетерпеливости.

Лошади меня мчат; извозчик мой затянул песню, по обыкновению заунывную. Кто знает голоса русских народных песен, тот признается, что есть в них нечто, скорбь душевную означающее. Все почти голоса таковых песен суть тону мягкого. — На сем музыкальном расположении народного уха умей учреждать бразды правления. В них найдешь образование души нашего народа. Посмотри на русского человека; найдешь его задумчива. Если захочет разгнать скуку или, как то он сам называет, если захочет повеселиться, то идет в кабак. В веселии своем порывист, отважен, сварлив. Если что-либо случится не по нем, то скоро начинает спор или битву. — Бурлак, идущий в кабак повеся голову и возвращающийся обагренный кровию от оплеух, многое может решить, доселе гадательное в истории Российской.

Извозчик мой поет. — Третий был час пополуночи. Как прежде колокольчик, так теперь его песня произвела опять во мне сон. — О природа, объяв человека в пелены скорби при рождении его, влача его по строгим хребтам боязни, скуки и печали чрез весь его век, дала ты ему в отраду сон. — Уснул, и всё скончалось. Несносно пробуждение несчастному. О, сколь смерть для него приятна. А есть ли она конец скорби? — Отче всеблагий, неужели отвратишь взоры свои от скончевающего бедственное житие свое мужественно? Тебе, источнику всех благ, приносится сия жертва. Ты един даешь крепость, когда естество трепещет, содрагается. Се глас отчий, взывающий к себе свое чадо. Ты жизнь мне дал. Тебе ее и возвращаю; на земли она стала уже бесполезна.

ТОСНА

Поехавши из Петербурга, я воображал себе, что дорога была наилучшая. Таковою ее почитали все те, которые ездили по ней вслед государя. Такова она была действительно, но на малое время. Земля, насыпанная на дороге, сделав ее гладкою в сухое время, дождями разжиженная, произвела великую грязь среди лета и сделала ее непроходимою... Обеспокоен дурною дорогою, я, встав из кибитки, вошел в почтовую избу, в намерении отдохнуть. В избе нашел я проезжающего, который, сидя за обыкновенным длинным крестьянским столом в переднем углу, разбирал бумаги и просил почтового комиссара, чтобы ему поскорее велел дать лошадей. На вопрос мой — кто он был? — узнал я, что то был старого покрою стряпчий, едущий в Петербург с великим множеством изодранных бумаг, которые он тогда разбирал. Я немедля вступил с ним в разговор, и вот моя с ним беседа: — Милостивый государь! Я нижайший ваш слуга, быв регистратором при разрядном архиве, имел случай употребить место мое себе в пользу. Посильными моими трудами я собрал родословную, на ясных доводах утвержденную, многих родов Российских. Я докажу княжеское или благородное их происхождение за несколько сот лет. Я восстановлю нередкого в княжеское достоинство, показав от Владимира Мономаха или от самого Рюрика его происхождение. Милостивый государь! — продолжал он, указывая на свои бумаги, — всё великороссийское дворянство долженствовало бы купить мой труд, заплатя за него столько, сколько ни за какой товар не платят. Но с дозволения вашего высокородия, благородия или высокоблагородия, не ведаю как честь ваша, они не знают, что им нужно. Известно вам, сколько блаженныя памяти благоверный царь Федор Алексеевич российское дворянство обидел, уничтожив местничество. Сие строгое законоположение поставило многие честные княжеские и царские роды наравне с новогородским дворянством. Но благоверный же государь император Петр Великий совсем привел их в затмение своею табелью о рангах. Открыл он путь чрез службу военную и гражданскую всем к приобретению дворянского титла и древнее дворянство, так сказать, затоптал в грязь. Ныне всемилостивейше царствующая наша мать утвердила презние указы высочайшим о дворянстве положением, которое было всех степенных наших востревожило, ибо древние роды поставлены в дворянской книге ниже всех. Но слух носится, что в дополнение вскоре издан будет указ, и тем родам, которые дворянское свое происхождение докажут за 200 или 300 лет, приложится титло маркиза или другое знатное, и они пред другими родами будут иметь некоторую отличность. По сей причине, милостивейший государь! труд мой должен весьма быть приятен всему древнему благородному обществу; но всяк имеет своих злодеев.

В Москве завернулся я в компанию молодых господчиков и предложил им мой труд, дабы благосклонностию их возвратить хотя истраченную бумагу и чернилы; но вместо благоприятства попал в посмеяние и, с горя оставив столичный сей град, вдался пути до Питера, где, известно, гораздо больше просвещения. — Сказав сие, поклонился мне об руку и, вытянувшись прямо, стоял передо мною с величайшим благоговением. Я понял его мысль, вынул из кошелька... и, дав ему, советовал, что, приехав в Петербург, он продал бы бумагу свою на вес разносчикам, для обвертки; ибо мнимое маркизство скружить может многим голову, и он причиною будет возрождению истребленного в России зла — хвастовства древния породы.

ЛЮБАНИ

Зимою ли я ехал или летом, для вас, думаю, равно. Может быть, и зимою и летом. Нередко то бывает с путешественниками: поедут на санях, а возвращаются на телегах. — Летом.

16

— Бревешками вымощенная дорога замучила мои бока; я вылез из кибитки и пошел пешком. Лежа в кибитке мысли мои обращены были в неизмеримость мира. Отделяяся душевно от земли, казалось мне, что удары кибиточные были для меня легче. — Но упражнения духовные не всегда нас от телесности отвлекают; и для сохранения боков моих пошел я пешком. — В нескольких шагах от дороги увидел я пашущего ниву крестьянина. Время было жаркое. Посмотрел я на часы. — Первого сорок минут. — Я выехал в субботу. — Сегодня праздник. — Пашущий крестьянин принадлежит, конечно, помещику, который оброку с него не берет. Крестьянин пашет с великим тщанием. Нива, конечно, не господская. — Соху поворачивает с удивительною легкостью. — Бог в помощь, — сказал я, подошед к пахарю, который, не останавливаясь, доканчивал зачатую борозду. — Бог в помощь, — повторил я. — Спасибо, барин, — говорил мне пахарь, отряхивая сошник и перенося соху на новую борозду. — Ты, конечно, раскольник, что пашешь по воскресеньям? — Нет, барин, я прямым крестом крещусь, — сказал он, показывая мне сложенные три перста. — А Бог милостив, с голоду умирать не велит, когда есть силы и семья. — Разве тебе во всю неделю нет времени работать, что ты и воскресенью не спускаешь, да еще и в самый жар? — В неделе-то, барин, шесть дней, а мы шесть раз в неделю ходим на барщину; да под вечер возим оставшее в лесу сено на господский двор, коли погода хороша; а бабы и девки для прогулки ходят по праздникам в лес по грибы да по ягоды. Дай Бог, — крестяся, — чтоб под вечер сегодня дождик пошел. Барин, коли есть у тебя свои мужички, так они то же у Господа молят. — У меня, мой друг, мужиков нет, и для того никто меня не клянет. Велика ли у тебя семья? — Три сына и три дочки. Перьвинькому-то десятый годок. — Как же ты успеваешь доставать хлеб, коли только праздник имеешь свободным? — Не один праздник, и ночь наша. Не ленись наш брат, то с голоду не умрет. Видишь ли, одна лошадь отдыхает, а как эта устанет, возьмусь за другую; дело-то и споро. — Так ли ты работаешь на господина своего? — Нет, барин, грешно бы было так же работать. У него на пашне сто рук для одного рта, а у меня две для семи ртов, сам ты счет знаешь. Да хотя растянись на барской работе, то спасибо не скажут. Барин подушных не заплатит; ни барана, ни холста, ни курицы, ни масла не уступит. То ли житье нашему брату, как где барин оброк берет с крестьянина, да еще без приказчика. Правда, что иногда и добрые господа берут более трех рублей с души; но всё лучше барщины. Ныне еще поверье заводится: отдавать деревни, как это называется, на аренду. А мы называем это: отдавать головой. Голый наемник дерет с мужиков кожу; даже лучшей поры нам не оставляет. Зимою не пускает в извоз, ни в работу в город; все работай на него, для того что он подушные платит за нас. Самая дьявольская выдумка отдавать крестьян своих чужому в работу. На дурного приказчика хотя можно пожаловаться, а на наемника кому? — Друг мой, ты ошибаешься, мучить людей законы запрещают. — Мучить? Правда, не небось, барин, не захочешь в мою кожу. — Между тем пахарь запряг другую лошадь в соху и, начав новую борозду, со мною простился.

Разговор сего земледельца возбудил во мне множество мыслей. Первое представилось мне неравенство крестьянского состояния. Сравнил я крестьян казенных и крестьянами помещичьими. Те и другие живут в деревнях, но одни платят известное, а другие должны быть готовые платить то, что господин хочет. Одни судятся своими равными; а другие в законе мертвы, разве по делам уголовным. Член общества становится только тогда известен правительству, его охраняющему, когда нарушает союз общественный, когда становится злодей! Сия мысль всю кровь во мне воспалила. — Страшись, помещик жестокосердный, на челе каждого из твоих крестьян вижу твое осуждение. — Углубленный в сих размышлениях, я нечаянно обратил взор мой на моего слугу, который, сидя на кибитке передо мной, качался из стороны в сторону. Вдруг почувствовал я быстрый мраз, протекающий кровь мою, и, прогоняя жар к вершинам, нудил его распространяться по лицу. Мне так стало во внутренности моей стыдно, что едва я не заплакал. Ты во гневе твоем, говорил я сам себе, устремляешься на гордого господина, изнуряющего крестьянина своего на ниве своей; а сам не то же ли или еще хуже того делаешь? Какое преступление сделал бедный твой Петрушка, что ты ему воспрещаешь пользоваться усладителем наших бедствий, величайшим даром природы несчастному, — сном? Он получает плату, сыт, одет, никогда я его не секу ни плетьми, ни батожьем (о умеренный человек!), — и ты думаешь, что кусок хлеба и лоскут сукна тебе дают право поступать с подобным тебе существом, как с кубарем, и тем ты только хвастаешь, что не часто подсекаешь его в его вертении. Ведаешь ли, что в первенственном уложении, в сердце каждого написано? Если я кого ударю, тот и меня ударить может. — Вспомни тот день, как Петрушка пьян был и не поспел тебя одеть. Вспомни о его пощечине. О, если бы он тогда, хотя пьяный, опомнился и тебе отвечал бы соразмерно твоему вопросу! — А кто тебе дал власть над ним? — Закон. — Закон? И ты смеешь поносить сие священное имя? Несчастный... — Слезы потекли из глаз моих; и в таковом положении почтовые клячи дотащили меня до следующего стана.

ЧУДОВО

Не успел я войти в почтовую избу, как услышал на улице звук почтового колокольчика, и чрез несколько минут вошел в избу приятель мой Ч...[1]. Я его оставил в Петербурге, и он намерения не имел оттуда выехать так скоро. Особливое происшествие побудило человека нраву крутого, как то был мой приятель, удалиться из Петербурга, и вот что он мне рассказал:

— Ты был уже готов к отъезду, как я отправился в Петергоф. Тут я препроводил праздники столь весело, сколько в шуму и чаду веселиться можно. Но, желая поездку мою обратить в пользу, вознамерился съездить в Кронштадт и на Систербек, где, сказывали мне, в последнее время сделаны великие перемены. В Кронштадте прожил я два дни с великим удовольствием, насыщаясь зрением множества иностранных кораблей, каменной одежды крепости Кронштадтской и строений, стремительно возвышающихся. Любопытствовал посмотреть нового Кронштадту плана и с удовольствием предусматривал красоту намереваемого строения; словом, второй день пребывания моего кончился весело и приятно. Ночь была тихая, светлая, и воздух благорастворенный вливал в чувства особую нежность, которую лучше ощущать, нежели описать удобно. Я вознамерился в пользу употребить благость природы и насладиться еще один хотя раз в жизни великолепным зрелищем восхождения солнца, которого на гладком водяном горизонте мне еще видеть не удавалось. Я нанял морскую 12-весельную шлюпку и отправился на С...

Версты с четыре плыли мы благополучно. Шум вёсел единозвучностию своею возбудил во мне дремоту, и томное зрение едва ли воспрядало от мгновенного блеска падающих капель воды с вершины весел. Стихотворческое воображение преселяло уже меня в прелестные луга Пафоса и Амафонта. Внезапу острый свист возникающего вдали ветра разогнал мой сон, и отягченным взорам моим представлялися сгущенные облака, коих черная тяжесть, казалось, стремила их нам на главу и падением устрашала. Зерцаловидная поверхность вод начинала рябеть, и тишина уступала место начинающемуся плесканию валов. Я рад был и сему зрелищу; соглядал величественные черты природы и не в чванство скажу: что других устрашать начинало, то меня веселило. Восклицал изредка, как Вернет: ах, как хорошо! Но ветр, усиливаяся постепенно, понуждал думать о достижении берега. Небо от густоты непрозрачных облаков

_____

1. Имеется предположение, что Радищев имел здесь в виду своего товарища по Лейпцегскому университету П.И. Челищева.

совсем померкло. Сильное стремление валов отнимало у кормила направление, и порывистый ветер, то вознося нас на мокрые хребты, то низвергая в утесистые рытвины водяных зыбей, отнимал у гребущих силу шественного движения. Следуя поневоле направлению ветра, мы носилися наудачу. Тогда и берега начали бояться; тогда и то, что бы нас при благополучном плавании утешать могло, начинало приводить в отчаяние. Природа завистливою нам на сей час казалася, и мы на нее негодовали теперь за то, что не распростирала ужасного своего величества, сверкая в молнии и слух тревожа громовым треском. Но надежда, преследуя человека до крайности, нас укрепляла, и мы, елико нам возможно было, ободряли друг друга.

Носимое валами, внезапу судно наше остановилось недвижимо. Все наши силы, совокупно употребленные, не были в состоянии совратить его с того места, на котором оно стояло. Упражняясь в сведении нашего судна с мели, как то мы думали, мы не приметили, что ветр между тем почти совсем утих. Небо помалу очистилося от затмевавших синеву его облаков. Но восходящая заря вместо того, чтоб принести нам отраду, явила нам бедственное наше положение. Мы узрели ясно, что шлюпка наша не на мели находилась, но погрязла между двух больших камней и что не было никаких сил для ее избавления оттуда невредимо. Вообрази, мой друг, наше положение; всё, что я ни скажу, всё слабо будет в отношении моего чувствия. Да и если б я мог достаточно дать черты каждому души моея движению, то слабы еще были бы они для произведения в тебе подобного тем чувствованиям, какие в душе моей возникали и теснилися тогда. Судно наше стояло на средине гряды каменной, замыкающей залив, до С... простирающийся. Мы находились от берега на полторы версты. Вода начинала проходить в судно наше со всех сторон и угрожала нам совершенным потоплением. В последний час, когда свет от нас преходить начинает и отверзается вечность, ниспадают тогда все степени, мнением между человеков воздвигнутые. Человек тогда становится просто человек: так, видя приближающуюся кончину, забыли все мы, кто был какого состояния, и помышляли о спасении нашем, отливая воду, как кому споручно было. Но какая была в том польза? Колико воды союзными нашими силами было исчерпано, толико во мгновение паки накоплялося. К крайнему сердец наших сокрушению, ни вдали, ни вблизи не видно было мимоидущего судна. Да и то, которое бы подало нам отраду, явясь взорам нашим, усугубило бы отчаяние наше, удаляяся от нас и избегая равныя с нами участи. Наконец судна нашего правитель, более нежели все другие к опасности морских путешествий обыкший, взиравший поневоле, может быть, на смерть хладнокровно в разных морских сражениях в прошедшую Турецкую войну в Архипелаге, решился или нас спасти, спасаяся сам, или погибнуть в сем благом намерении: ибо, стоя на одном месте, погибнуть бы нам должно было. Он, вышел из судна и перебираяся с камня на камень, направил шествие свое к берегу, сопровождаем чистосердечнейшими нашими молитвами. Сначала продолжал он шествие свое весьма бодро, прыгая с камня на камень, переходя воду, где она была мелка, переплывая ее, где она глубже становилась. Мы с глаз его не спускали. Наконец увидели, что силы его начали ослабевать, ибо он переходил камни медлительнее, останавливаяся почасту и садяся на камень для отдохновения. Казалося нам, что он находился иногда в размышлении и нерешимости о продолжении пути своего. Сие побудило одного из его товарищей ему преследовать, дабы подать ему помощь, если он увидит его изнемогающа в достижении берега; или достигнуть оного, если первому в том будет неудача. Взоры наши стремилися вослед то за тем, то за другим, и молитва наша о их сохранении была нелицемерна. Наконец, последний из сих подражателей Моисея в прохождении без чуда морские пучины своими стопами, остановился на камне недвижим, а первого совсем мы потеряли из виду.

Сокровенные доселе внутренние каждого движения, заклепанные, так сказать, ужасом, начали являться при исчезании надежды. Вода между тем в судне умножалася, и труд наш, возрастая в отливании оной, утомлял силы наши приметно. Человек яркого и нетерпеливого сложения рвал на себе волосы, кусал персты, проклинал час своего выезда. Человек робкия души и чувствовавший долго, может быть, тягость удручительныя неволи, рыдал, орошая слезами своими скамью, на которой ниц распростерт лежал. Иной, воспоминая дом свой, детей и жену, сидел яко окаменелый, помышляя не о своей, но о их гибели, ибо они питалися его трудами. Каково было моей души положение, мой друг, сам отгадывай: ибо ты меня довольно знаешь. Скажу только тебе то, что я прилежно молился Богу. Наконец начали мы все предаваться отчаянию, ибо судно наше более половины водою натекло и мы стояли все в воде по колено. Нередко помышляли мы выйти из судна и шествовать по каменной гряде к берегу, но пребывание одного из наших сопутников на камне уже несколько часов и скрытие другого из виду представляло нам опасность перехода более, может быть, нежели она была в самом деле. Среди таковых горестных размышлений увидели мы близ противоположного берега, в расстоянии от нас, каком то было, точно определить не могу, два пятна черные на воде, которые, казалося, двигалися. Зримое нами черное и движущееся, казалося, помалу увеличивалось; наконец, приближаяся, представило ясно взорам нашим два малые судна, прямо идущие к тому месту, где мы находилися среди отчаяния, во сто крат надежду превосходящего. Как в темной храмине, свету совсем неприступной, вдруг отверзается дверь, и луч денный, влетев стремительно в среду мрака, разгоняет оный, распростираяся по всей храмине до дальнейших ее пределов, — тако, увидев суда, луч надежды ко спасению протек наши души. Отчаяние превратилося в восторг, горесть в восклицание, и опасно было, чтобы радостные телодвижения и плескания не навлекли нам гибели скорее, нежели мы будем исторгнуты из опасности. Но надежда жития, возвращаяся в сердца, возбудила паки мысли о различии состояний, в опасности уснувшие. Сие послужило на сей раз к общей пользе. Я укротил излишнее радование, во вред обратиться могущее. По нескольком времени увидели мы две большие рыбачьи лодки, к нам приближающиеся, и, при настижении их до нас, увидели в одной из них нашего спасителя, который, прошед каменною грядо. до берега, сыскал сии лодки для нашего извлечения из явной гибели. Мы, не мешкав нимало, вышли из нашего судна и поплыли в приехавших судах к берегу, не забыв снять с камня сотоварища нашего, который на оном около семи часов находился. Не прошло более получаса, как судно наше, стоявшее между камней, облегченное от тяжести, всплыло и развалилося совсем. Плывучи к берегу среди радости и восторга спасения, Павел, — так звали спасшего нас сопутника, — рассказал нам следующее:

— Я, оставя вас в предстоящей опасности, спешил по камням к берегу. Желание вас спасти дало мне силы чрезъестественные; но сажен за сто до берега силы мои стали ослабевать, и я начал отчаяваться в вашем спасении и моей жизни. Но, полежав с полчаса на камени, вспрянув с новою бодростью и не отдыхая более, дополз, так сказать, до берега. Тут я растянулся на траве и, отдохнув минут десять, встал и побежал вдоль берега к С... что имел мочи. И хотя с немалым истощением сил, но, вспоминая о вас, добежал до места. Казалось, что небо хотело испытать вашу твердость и мое терпение, ибо я не нашел ни вдоль берега, ни в самом С... никакого судна для вашего спасения. Находясь почти в отчаянии, я думал, что нигде не можно лучше искать помощи, как у тамошнего начальника. Я побежал в тот дом, где он жил. Уже был седьмой час. В передней комнате нашел я тамошней команды сержанта. Рассказав ему коротко, зачем я пришел и ваше положение, просил его, чтобы он разбудил Г..., который тогда еще почивал. Г. сержант мне сказал: — Друг мой, я не смею. — Как, ты не смеешь? Когда двенадцать человек тонут, ты не смеешь разбудить того, кто их спасти может? Но ты, бездельник, лжешь, я сам пойду... — Г. сержант, взяв меня за плечо не очень учтиво, вытолкнул за дверь. С досады чуть я не лопнул. Но, помня более о вашей опасности, нежели о моей обиде и о жестокосердии начальника с его подчиненным, я побежал к караульной, которая была версты с две расстоянием от проклятого дома, из которого меня вытолкнули. Я знал, что живущие в ней солдаты содержали лодки, в которых, ездя по заливу, собирали булыжник на продажу для мостовых; я и не ошибся в моей надежде. Нашел сии две небольшие лодки, и радость теперь моя несказанна: вы все спасены. Если бы вы утонули, то я бы бросился за вами в воду. — Говоря сие, Павел обливался слезами. Между тем достигли мы берега. Вышед из судна, я пал на колени, возвел руки на небо. — Отче всесильный, — возопил я, — тебе угодно, да живем; ты нас водил на испытание, да будет воля твоя. — Се слабое мое, друг, изображение того, что я чувствовал. Ужас последнего часа прободал мою душу, я видел то мгновение, что я существовать перестану. Но что я буду? Не знаю. Страшная неизвестность. Теперь чувствую: час бьет; я мертв; движение, жизнь, чувствие, мысль, — всё исчезнет мгновенно. Вообрази себя, мой друг, на краю гроба, не почувствуешь ли корчущий мраз, лиющийся в твоих жилах и завременно жизнь пресекающий. О, мой друг! — Но я удалился от моего повествования.

Совершив мою молитву, ярость вступила в мое сердце. Возможно ли, говорил я сам себе, что в наше век, в Европе, подле столицы, в глазах великого государя совершалося такое бесчеловечие! Я воспомянул о заключенных англичанах в темнице бенгальского субаба[1].

Воздохнул я во глубине души. — Между тем дошли мы до С... Я думал, что начальник, проснувшись, накажет своего сержанта и претерпевшим на воде даст хотя успокоение. С сею надеждою пошел я прямо к нему в дом. Но поступком его подчиненного столь был раздражен, что я не мог умерить моих слов. Увидев

---

1. Агличане приняли в свое покровительство ушедшего к ним в Калкуту чиновника бенгальского, подвергшего себя казни своим мздоимством. Справедливо раздраженный субаб, собрав войско, приступил к городу и оный взял. Аглинских военнопленных велел ввергнуть в тесную темницу, в коей они в полсутки издохли. Осталося от них только двадцать три человека. Несчастные сии сулили страже великие деньги, да возвестит владельцу о их положении. Вопль их и стенание возвещало о том народу, о них соболезнующему; но никто не хотел возвестить о том властителю. П о ч и в а е т о н — ответствовано умирающим агличанам; и ни един человек в Бенгале не мнил, что для спасения жизни ста пятидесяти несчастных должно отъяти сон мучителя на мгновение. Но что ж такое мучитель? Или паче, что ж такое народ, обыкший к игу мучительства? Благоговение или боязнь тягчит его согбенна? Если боязнь, то мучитель ужаснее богов, к коим человек воссылает или молитву, или жалобу во время нощи или в часы денные. Если благоговение, то возможно человека возбудить на почитание соделателей его бедствий; чудо, возможное единому суеверию. Чему более удивляться, зверству ли спящего набаба или подлости несмеющего его разбудить? — Реналь. История о Индиях. Том II. (*Примечания Радищева.*)

его, сказал: — Государь мой! Известили ли вас, что за несколько часов пред сим двадцать человек находились в опасности потерять живот свой на воде и требовали вашей помощи? — Он мне отвечал с наивеличайшею холодностью, куря табак: — Мне о том сказали недавно, а тогда я спал. — Тут я задрожал в ярости человечества. — Ты бы велел себя будить молотком по голове, буде крепко спишь, когда люди тонут и требуют от тебя помощи. — Отгадай, мой друг, какой его был ответ. Я думал, что мне сделается удар от того, что я слышал. Он мне сказал: — Не моя должность. — Я вышел из терпения: — Должность ли твоя людей убивать, скаредный человек; и ты носишь знаки отличности, ты начальствуешь над другими!.. — Окончать не мог моея речи, плюнул почти ему в рожу и вышел вон. Я волосы драл с досады. Сто делал расположений, как отомстить сему зверскому начальнику не за себя, но за человечество. Но, опомнясь, убедился воспоминанием многих примеров, что мое мщение будет бесплодно, что я же могу прослыть или бешеным, или злым человеком; смирился.

Между тем люди мои сходили к священнику, который нас принял с великою радостию, согрел нас, накормил, дал отдохновение. Мы пробыли у него целые сутки, пользуясь его гостеприимством и угощением. На другой день, нашед большую шлюпку, доехали мы до Ораниенбаума благополучно. В Петербурге я о сем рассказывал тому и другому. Все сочувствовали мою опасность, все хулили жестокосердие начальника, никто не захотел ему о сем напомнить. Если бы мы потонули, то бы он был нашим убийцею. — Но в должности ему не предписано вас спасать, — сказал некто. — Теперь я прощусь с городом навеки. Не въеду николи в сие жилище тигров. Единое их веселие — грызть друг друга; отрада их — томить слабого до издыхания и раболепствовать власти. И ты хотел, чтоб я поселился в городе. Нет, мой друг, — говорил мой повествователь, вскочив со стула, — заеду туда, куда люди не ходят, где не знают, что есть человек, где имя его неизвестно. Прости; сел в кибитку и поскакал.

СПАССКАЯ ПОВЕСТЬ

Я вслед за моим приятелем скакал так скоро, что настиг его еще на почтовом стану. Старался его уговорить, чтоб возвратился в Петербург, старался ему доказать, что малые и частные неустройства в обществе связи его не разрушат, как дробинка, падая в пространство моря, не может возмутить поверхности воды. Но он мне сказал наотрез: — Когда бы я, малая дробинка, пошел на дно, то бы, конечно, на Финском заливе бури не сделалось, а я бы пошел жить с тюленями. — И, с видом негодования простясь со мною, лег в свою кибитку и поехал поспешно.

Лошади были уже впряжены; я уже ногу занес, чтобы влезть в кибитку; как вдруг дождь пошел. — Беда невелика, — размышлял я: — закроюсь ценовкою и буду сух. — Но едва мысль сия в мозге моем пролетела, то как будто меня окунули в пролубь. Небо, не спросясь со мною, разверзло облако, и дождь лил ведром. — С погодою не сладишь; по пословице: тише едешь — дале будешь, — вылез я из кибитки и убежал в первую избу. Хозяин уже ложился спать, и в избе было темно. Но я и в потемках выпросил позволение обсушиться. Снял с себя мокрое платье и, что было посуше, положив под голову, на лавке скоро заснул. Но постеля моя была непуховая, долго нежиться не позволила. Проснувшись, услышал я шепот. Два голоса различить я мог, которые между собою разговаривали. — Ну, муж, расскажи-тка, — говорил женский голос. — Слушай, жена.

— Жил-был... — И подлинно на сказку похоже; да как же сказке верить? — сказала жена вполголоса, зевая ото сна, — поверю ли я, что были Полкан, Бова или Соловей-разбойник. — Да кто тебя толкает в шею, не верь, коли хочешь. Но то правда, что в старину силы телесные были в уважении и что силачи оные употребляли во зло. Вот тебе Полкан. А о Соловье-разбойнике читай, мать моя, истолкователей русских древностей. Они тебе скажут, что он Соловьем назван красноречия своего ради. — Не перебивай же моей речи. Итак, жил-был где-то государев наместник. В молодости своей таскался по чужим землям, выучился есть устерсы и был до них великий охотник. Пока деньжонок своих мало было, то он от охоты своей воздерживался, едал по десятку, и то когда бывал в Петербурге. Как скоро полез в чины, то и число устерсов на столе его начало прибавляться. А как попал в наместники и когда много стало у него денег своих, много и казенных в распоряжении, тогда стал он к устерсам как брюхатая баба. Спит и видит, чтобы устерсы кушать. Как пора их приходит, то нет никому покою. Все подчиненные становятся мучениками. Но во что бы то ни стало, а устерсы есть будет. — В правление посылает приказ, чтобы наряжен был немедленно курьер, которого он имеет в Петербург отправить с важными донесениями. Все знают, что курьер поскачет за устерсами, но куда не вертись, а прогоны выдавай. На казенные денежки дыр много. Гонец, снабженный подорожной, прогонами, совсем готов, в куртке и чикчерах явился пред его высокопревосходительство. — Поспешай, мой друг, — вещает ему унизанный орденами, — поспешай, возьми сей пакет, отдай его в Большой Морской. — Кому прикажете? — Прочти адрес. — Его... его... — Не так читаешь. — Государю моему гос... — Врешь... господину Корзинкину, почтенному лавошнику, в С.-Петербурге в Большой Морской. — Знаю, ваше высокопревосходительство. — Ступай же, мой друг, и как скоро получишь, то возвращайся поспешно и нимало не медли; я тебе скажу спасибо не одно.

И ну-ну-ну, ну-ну-ну: по всем по трем, вплоть до Питера к Корзинкину прямо во двор. — Добро пожаловать. Куды какой его высокопревосходительство затейник, из-за тысячи верст шлет за какою дрянью. Только барин добрый. Рад ему служить. Вот устерсы, теперь лишь с биржи. Скажи, не меньше ста пятидесяти бочка, уступить нельзя, самим пришли дороги. Да мы с его милостию сочтемся. — Бочку взвалили в кибитку, поворотя оглобли, курьер уже опять скачет; успел лишь зайти в кабак и выпить два крючка сивухи.

Тинь-тинь... Едва у городских ворот услышали звон почтового колокольчика, караульный офицер бежит уже к наместнику (то ли дело, как где всё в порядке) и рапортует ему, что вдали видна кибитка и слышен звон колокольчика. Не успел выговорить, как шасть курьер в двери: — Привез, ваше высокопревосходительство. — Очень кстати; (оборотясь к предстоящим:) право, человек достойный, исправен и не пьяница. Сколько уже лет по два раза в год ездит в Петербург; а в Москву сколько раз, упомнить не могу. Секретарь, пиши представление. За многочисленные его в посылках труды и за точнейшее оных исправление удостоиваю его к повышению чином.

В расходной книге у казначея записано: по предложению его высокопревосходительства дано курьеру Н.Н., отправленному в С.-П. с наинужнейшими донесениями, прогонных денег в оба пути на три лошади из экстраординарной суммы... Книга казначейская пошла на ревизию, но устерсами не пахнет.

По представлению господина генерала и проч. *приказали:* быть сержанту Н.Н. прапорщиком. — Вот, жена, — говорил мужской голос, — как добиваются в чины, а что мне прибыли, что я служу беспорочно, не подамся вперед ни на палец. По указам велено за добропорядочную службу награждать. Но царь жалует, а псарь не жалует. Так-то наш г. казначей: уже другой раз по его представлению меня отсылают в уголовную палату.

Когда бы я с ним был заодно, то было бы не житье, а масленица. — И... полно Клементьич, пустяки-то молоть. Знаешь ли, за что он тебя не любит? За то что ты промен берешь со всех, а с ним не делишься. — Потише, Кузьминична, потише: неравно кто подслушает. — Оба голоса умолкли, и я опять заснул.

Поутру узнал я, что в одной избе со мно. ночевал присяжный с женою, которые до света отправились в Новгород.

Между тем как в моей повозке запрягали лошадей, приехала еще кибитка, тройкою запряженная. Из нее вышел человек, закутанный в большую япанчу, и шляпа с распущенными полями, глубоко надетая, препятствовала мне видеть его лицо. Он требовал лошадей без подорожной; и как многие повозчики, окружив его, с ним торговались, то он, не дожидаясь конца их торга, сказал одному из них с нетерпением: — Запрягай поскорей, я дам по четыре копейки за версту. — Ямщик побежал за лошадьми. Другие, видя, что торговаться уже было не о чем, все от него отошли.

Я находился от него не далее как в пяти саженях. Он подошел ко мне и, не снимая шляпы, сказал: — Милостивый государь, снабдите чем ни есть человека несчастного. — Меня сие удивило чрезмерно, и я не мог вытерпеть, чтоб ему не сказать, что я удивляюсь просьбе его о вспоможении, когда он не хотел торговаться о прогонах и давал против других вдвое. — Я вижу, — сказал он мне, — что в жизнь вашу поперечного вам ничего не встречалося. — Столь твердый ответ мне очень понравился, и я, не медля нимало, вынув из кошелька... — не осудите, — сказал, — более теперь вам служить не могу; но если доедем до места, то может быть, сделаю что-нибудь больше. — Намерение мое при сем было то, чтобы сделать его чистосердечным; я и не ошибся. — Я вижу, — сказал он мне, — что вы имеете еще чувствительность, что обращение света и снискание собственной пользы не затворили вход ее в ваше сердце. Позвольте мне сесть на вашей повозке, а служителю вашему прикажите сесть на моей. — Между тем лошади наши были впряжены, я исполнил его желание — и мы едем.

— Ах, государь мой, не могу себе представить, что я несчастлив. Не более недели тому назад я был весел, в удовольствии, недостатка не чувствовал, был любим или так казалося; ибо дом мой всякий день был полон людьми, заслужившими уже знаки почестей; стол мой был всегда как великолепное некое торжество. Но если тщеславие толикое имело удовлетворение, равно и душа наслаждалася истинным блаженством. По многих сперва бесплодных стараниях, предприятиях и неудачах наконец получил я в жену ту, которую желал. Взаимная наша горячность, услаждая и чувства и душу, всё представляла нам в ясном виде. Не зрели мы облачного дня. Блаженства нашего достигали мы вершины. Супруга моя была беременна, и приближался час ее разрешения. Всё сие блаженство определила судьба, да рушится одним мгновением.

У меня был обед, и множество так называемых друзей, собравшись, насыщали праздный свой голод на мой счет. Один из бывших тут, который внутренно меня не любил, начал говорить с сидевшим подле него, хотя вполголоса, но довольно громко, чтобы говоренное жене моей и многим другим слышно было: — Неужели вы не знаете, что дело нашего хозяина в уголовной палате уже решено...

— Вам покажется мудрено, — говорил спутник мой, обращая ко мне свое слово, — чтобы человек неслужащий и в положении, мною описанном, мог подвергнуть себя суду уголовному. И я так думал долго, да и тогда, когда мое дело, прошед нижние суды, достигло до высшего. Вот в чем оно состояло: я был в купечестве записан; пуская капитал мой в обращение, стал участником в частном откупу. Неосновательность моя причиною была, что я доверил лживому человеку, который, лично попавшись в преступлении, был от откупу отрешен и по свидетельству будто его книг сделался, по-видимому, на нем большой начет. Он скрылся, я остался в лицах, и начет положено взыскать с меня. Я, сделав выправки сколько мог, нашел, что начету на мне или совсем бы не было или бы был очень малый, и для того просил, чтобы сделали расчет со мной, ибо я по нем был порукою. Но вместо того чтобы сделать должное по моему прошению удовлетворение, велено недоимку взыскать с меня. Первое неправосудие. Но к сему присовокупили и другое. В то время как я сделался в откупу порукою, имения за мною никакого не было, но, по обыкновению, послано было запрещение на имение мое в гражданскую палату. Странная вещь — запрещать продавать то, чего не существует в имении! После того купил я дом и другие сделал приобретения. В то же самое время случай допустил меня перейти из купеческого звания в звание дворянское, получа чин. Наблюдая свою пользу, я нашел случай продать дом на выгодных кондициях, совершив купчую в самой той же палате, где существовало запрещение. Сие поставлено мне в преступление; ибо были люди, которых удовольствие помрачалось блаженством моего жития. Стряпчий казенных дел сделал на меня донос, что я, избегая платежа казенной недоимки, дом продал, обманул гражданскую палату, назвавшись тем званием, в коем я был, а не тем, в котором находился при покупке дома. Тщетно я говорил, что запрещение не может существовать на то, чего нет в имении, тщетно я говорил, что по крайней мере надлежало бы сперва продать оставшееся имение и выручить недоимку сей продажею, а потом предпринимать другие средства; что я звания своего не утаивал, ибо в дворянском уже купил дом. Всё сие было отринуто, продажа дому уничтожена, меня осудили за ложный мой поступок лишить чинов и требуют теперь, — говорил повествователь, — хозяина здешнего в суд, дабы посадить под стражу до окончания дела.

Сие последнее повествуя, рассказывающий возвысил свой голос: — Жена моя, едва сие услышала, обняв меня, вскричала: — Нет, мой друг, и я с тобою. — Более выговорить не могла. Члены ее все ослабели, и она упала бесчувственна в мои объятия. Я, подняв ее со стула, вынес в спальную комнату и не ведаю, как обед окончался.

Прешед чрез несколько времени в себя, она почувствовала муки, близкое рождение плода горячности нашей возвещающие. Но, сколь ни жестоки они были, воображение, что я буду под стражею, столь ее тревожило, что она только и твердила: и я пойду с тобою. Сие несчастное приключение ускорило рождение младенца целым месяцем, и все способы бабки и доктора, для пособия призванных, были тщетны и не могли воспретить, чтобы жена моя не родила через сутки. Движения сей души не токмо с рождением младенца не успокоились, но, усилившись гораздо, сделали ей горячку. — Почто распространяться мне в повествовании? Жена моя на третий день после родов своих умерла. Видя ее страдание, можете поверить, что я ее не оставлял ни на минуту. Дело мое и осуждение в горести позабыл совершенно. За день до кончины моей любезной недозрелый плод нашея горячности также умер. Болезнь матери его занимала меня совсем, и потеря сия была для меня тогда невелика. Вообрази, вообрази, — говорил повествователь мой, взяв обеими руками себя за волосы, — вообрази мое положение, когда я увидел, что возлюбленная моя со мною расставалася навсегда. — Навсегда! — вскричал он диким голосом. — Но зачем я бегу? Пускай меня посадят в темницу; я уже нечувствителен; пускай меня мучат, пускай лишают жизни. — О варвары, тигры, змеи лютые, грызите сие сердце, пускайте в него томный ваш яд. — Извините мое исступление, я думаю, что я лишусь скоро ума. Сколь скоро воображаю ту минуту, когда любезная моя со мною расставалася, то я всё позабываю и свет в глазах меркнет. Но окончу мою повесть. В толико жестоком отчаянии, лежащу мне над бездыханным телом моей возлюбленной, один из искренних моих друзей, прибежав ко мне: — Тебя пришли взять под стражу, команда на дворе. Беги отсель, кибитка у задних ворот готова, ступай в Москву, или куда хочешь, и живи там, доколе можно будет облегчить твою судьбу. — Я не внимал его речам, но он, усилясь надо мною и взяв меня с помощию своих людей, вынес и положил в кибитку; но вспомня, что надобны мне деньги, дал мне кошелек, в котором было только пятьдесят рублей. Сам пошел в мой кабинет, чтобы найти там денег и мне вынести; но, нашед уже офицера в моей спальне, успел только прислать ко мне сказать, чтобы я ехал. Не помню, как меня везли первую станцию. Слуга приятеля моего, рассказав всё происшедшее, простился со мною, а я теперь еду, по пословице, — куда глаза глядят.

Повесть спутника моего тронула меня несказанно. Возможно ли, говорил я сам себе, чтобы в толь мягкосердие правление, каково ныне у нас, толикие производилися жестокости? Возможно ли, чтобы столь безумные судии, что для насыщения казны (можно действительно так назвать всякое неправильное отнятие имения для удовлетворения казенного требования) отнимали у людей имение, честь, жизнь? Я размышлял, каким бы образом могло сие происшествие достигнуть до слуха верховныя власти. Ибо справедливо думал, что в самодержавном правлении она одна в отношении других может быть беспристрастна. — Но не могу ли я принять на себя его защиту? Я напишу жалобницу в высшее правительство. Употроблю всё происшествие и представлю неправосудие судивших и невинность страждущего. — Но жалобницы от меня не примут. Спросят, какое я на то имею право; потребуют от меня верющего письма. — Какое имею право? Страждущее человечество. Человек, лишенный имения, чести, лишенный половины своея жизни, в самовольном изгнании, дабы избегнуть поносительного заточения. И на сие надобно верющее письмо? От кого? Ужели сего мало, что страждет мой согражданин? — Да и в том нет нужды. Он человек; вот мое право, вот верющее письмо. — О богочеловек! Почто писал ты закон твой для варваров? Они крестятся во имя твое, кровавыя приносят жертвы злобе. Почто ты для них мягкосерд был? Вместо обещания будущия казни, усугубил бы казнь настоящую и, совесть возжигая по мере злодеяния, не дал бы им покоя деннонощно, доколь страданием своим не загладят всё злое, еже сотворили. — Таковые размышления толико утомили мое тело, что я уснул весьма крепко и не просыпался долго.

Возмущенные соки мыслию стремилися, мне спящу, к голове и, тревожа нежный состав моего мозга, возбудили в нем воображение. Несчетные картины представлялись мне во сне, но исчезали, как легкие в воздухе пары. Наконец, как то бывает, некоторое мозговое волоконко, тронутое сильно восходящими из внутренних сосудов тела парами, задрожало долее других на несколько времени, и вот что я грезил.

Мне представлялось, что я царь, шах, хан, король, бей, набаб, султан или какое-то сих названий нечто, седящее во власти на престоле.

Место моего восседания было из чистого злата и хитро искладенными драгими разного цвета каменьями блистало лучезарно. Ничто сравниться не могло со блеском моих одежд. Глава моя украшалася венцем лавровым. Вокруг меня лежали знаки, власть мою изъявляющие. Здесь меч лежал на столпе, из сребра изваянном, на коем изображалися морские и сухопутные сражения, взятие городов и протчее сего рода; везде видно было вверху имя мое, носимое Гением славы, над всеми сими подвигами парящим. Тут виден был скипетр мой, возлежащий на снопах, обильными класами отягченных, изваянных из чистого злата и природе совершенно подражающих. На твердом коромысле возвешенные зрелися весы. В единой из чаш лежала книга с надписью *Закон милосердия*, в другой — книга же с надписью *Закон совести*. Держава, из единого камня иссеченная, поддерживаема была грудою младенцев, из белого мрамора иссеченных. Венец мой возвышен был паче всего и возлежал на раменах сильного исполина, воскране же его поддерживаемо было истиною. Огромной величины змия, из светлыя стали искованная, облежала вокруг всего седалища при его подножии, и конец хвоста в зеве держаща, изображала вечность.

Но не единые бездыханные изображения возвещали власть мою и величество. С робким подобострастием и взоры мои ловящи, стояли вокруг престола моего чины государственные. В некотором отдалении от престола моего толпилося бесчисленное множество народа, коего разные одежды, черты лица, осанка, вид и стан различие их племени возвещали. Трепетное их молчание уверяло меня, что они все воле моей подвластны. По сторонам, на несколько возвышенном месте, стояли женщины в великом множестве в прелестнейших и великолепнейших одеждах. Взоры их изъявляли удовольствие на меня смотреть, и желания их стремились на предупреждение моих, если бы они возродились.

Глубочайшее в собрании сем присутствовало молчание; казалося, что все в ожидании были важного какого происшествия, от коего спокойствие и блаженство всего общества зависели. Обращенный сам в себя и чувствуя глубоко вкоренившуюся скуку в душе моей, от насыщенного скоро единообразия происходящую, я долг отдал естеству и, рот разинув до ушей, зевнул во всю мочь. Все вняли чувствованию души моей. Внезапу смятение распростерло мрачный покров свой по чертам веселия, улыбка улетала со уст нежности и блеск радования с ланит удовольствия. Искаженные взгляды и озирание являли нечаянное нашествие ужаса и предстоящие беды. Слышны были вздохи, колющие предтечи скорби; и уже начинало раздаваться задерживаемое присутствием страха стенание. Уже скорыми в сердца всех стопами шествовало отчаяние и смертные содрогания, самыя кончины мучительнее. — Тронутый во внутренности сердца толико печальным зрелищем, ланитные мышцы нечувствительно стянулися ко ушам моим и, растягивая губы, произвели в чертах лица моего кривление, улыбке подобное, за коим я чхнул весьма звонко. Подобно как в мрачную атмосферу, густым туманом отягченную, проникает полуденный солнца луч, летит от жизненной его жаркости сгущенныя парами влага и, разделенная в составе своем, частию, улегчася, стремительно возносится в неизмеримое пространство эфира и частию, удержав в себе одну только тяжесть земных частиц, падает низу стремительно. Мрак, присутствовавший повсюду в небытии светозарного шара, исчезает весь вдруг и, сложив поспешно непроницательный свой покров, улетает на крылех мгновенности, не оставляя по себе ниже знака своего присутствования, — тако при улыбке моей развеялся вид печали, на лицах всего собрания поселившийся; радость проникла сердца всех быстротечно, и не осталося косого вида неудовольствия нигде. Все начали восклицать: да здравствует наш великий государь, да здравствует навеки. Подобно тихому полуденному ветру, помавающему листвия дерев и любострастное производящему в дубраве шумление, тако во всем собрании радостное шептание раздавалось. Иной вполголоса говорил: он усмирил внешних и внутренних врагов, расширил пределы отечества, покорил тысячи разных народов своей державе. Другой восклицал: он обогатил государство, расширил внутреннюю и внешнюю торговлю, он любит науки и художества, поощряет земледелие и рукоделие. Женщины с нежностью вещали: он не дал погибнуть тысячам полезных сограждан, избавя их до сосца еще гибельныя кончины. Иной с важным видом возглашал: он умножил государственные доходы, народ облегчил от податей, доставил ему надежное пропитание. Юношество с восторгом руки на небо простирая, рекло: он милосерд, правдив, закон его для всех равен, он почитает себя первым его служителем. Он законодатель мудрый, судия правдивый, исполнитель ревностный, он паче всех царей велик, он вольность дарует всем.

Речи таковые, ударяя в тимпан моего уха, громко раздавалися в душе моей. Похвалы сии истинными в разуме моем изображалися, ибо сопутствуемы были искренности наружными чертами. Таковыми их приемля, душа моя возвышалася над обыкновенным зрения кругом; в существе своем расширялася и, вся объемля, касалася степеней божественной премудрости. Но ничего не сравнилося с удовольствием самодобрения при раздавании моих приказаний. Первому военачальнику повелевал я идти с многочисленным войском на завоевание земли, целым небесным поясом от меня отделенной. — Государь, — ответствовал он мне, — слава единая имени твоего победит народы, оную землю населяющие. Страх предшествовать будет оружию твоему, и возвращуся, приносяй дань царей сильных. — Учредителю плавания я рек: — Да корабли мои рассеются по всем морям, да узрят их неведомые народы; флаг мой да известен будет на Севере, Востоке, Юге и Западе. — Исполню, государь. — И полетел на исполнение, яко ветр, определенный надувать ветрила корабельные. — Возвести до дальнейших пределов моея области, — рек я хранителю законов: — се день рождения моего да ознаменится он в летописях навеки отпущением повсеместным. Да отверзутся темницы, да изыдут преступники и да возвратятся в домы свои, яко заблудшие от истинного пути. — Милосердие твое, государь! есть образ всещедрого существа. Бегу возвестити радость скорбящим отцам по чадех их, супругам по супругах их. — Да воздвигнутся, — рек я первому зодчию, — великолепнейшие здания для убежища Мусс, да украсятся подражаниями природы разновидными; и да будут они нерушимы, яко небесные жительницы, для них же они уготовляются. — О премудрый, — отвечал он мне, — егда велениям твоего гласа стихии повиновалися и, совокупя силы свои, учреждали в пустынях и на дебрях обширные грады, превосходящие великолепием славнейшие в древности; колико маловажен будет сей труд для ревностных исполнителей твоих велений. Ты рек, и грубые строения припасы уже гласу твоему внемлют. — Да отверзется ныне, — рек я, — рука щедроты, да излиются остатки избытка на немощствующих, сокровища ненужные да возвратятся к их источнику. — О всещедрый владыко, всевышним нам дарованный, отец своих чад, обогатитель нищего, да будет твоя воля. — При всяком моем изречении все предстоящие восклицали радостно, и плескание рук не токмо сопровождало мое слово, но даже предупреждало мысль. Единая из всего собрания жена, облегшаяся твердо о столп, испускала вздохи скорби и являла вид презрения и негодования. Черты лица ее были суровы и платье простое. Глава ее покрыта была шляпою, когда все другие [с] обнаженными стояли главами. — Кто сия? — вопрошал я близстоящего меня. — Сия есть странница, нам неизвестная, именует себя Прямовзорой и глазным врачом. Но есть волхв опаснейший, носяй яд и отраву, радуется скорби и сокрушению; всегда нахмуренна, всех презирает и поносит; даже не щадит в ругании своем священныя твоея главы. — Почто ж злодейка сия терпима в моей области? Но о ней завтра. Сей день есть день милости и веселия. Приидите, сотрудники мои в ношении тяжкого бремени правления, приимите достойное за труды и подвиги ваши воздаяние. — Тогда, восстав от места моего, возлагал я различные знаки почестей на предстоящих; отсутствующие забыты не были, но те, кои приятным видом словам моим шли во сретение, имели большую во благодеяниях моих долю.

По сем продолжал я мое слово: — Пойдем, столпы моея державы, опоры моея власти, пойдем усладиться по труде. Достойно бо да вкусит трудившийся плода трудов своих. Достойно царю вкусити веселия, он же изливает многочисленные всем. Покажи нам путь к уготованному тобою празднеству, — рек я к учредителю веселий. — Мы тебе последуем. — Постой, — вещала мне странница от своего места, — постой и подойди ко мне. Я — врач, присланный к тебе и тебе подобным, да очищу зрение твое. — Какие бельма! — сказала она с восклицанием. — Некая невидимая сила нудила меня идти пред нее; хотя все меня окружавшие мне в том препятствовали, делая даже мне насилие.

— На обоих глазах бельма, — сказала странница, — а ты столь решительно судил о всем. — Потом коснулася обоих моих глаз и сняла с них толстую плену, подобну роговому раствору. — Ты видишь, — сказала она мне, — что ты был слеп и слеп всесовершенно. — Я есмь Истина. Всевышний, подвигнутый на жалость стенанием тебе подвластного народа, ниспослал меня с небесных кругов, да отжену темноту, проницанию взора твоего препятствующую. Я сие исполнила. Все вещи представятся днесь в естественном их виде взорам твоим. Ты проникаешь во внутренность сердец. Не утаится более от тебя змия, крыющаяся в излучинах душевных. Ты познаешь верных своих подданных, которые вдали от тебя не тебя любят, но любят отечество; которые готовы всегда на твое поражение, если оно отмстит порабощение человека. Но не возмутят они гражданского покоя безвременно и без пользы. Их призови себе в друзей. Изжени сию гордую чернь, тебе предстоящую и прекрывшую срамоту души своей позлащенными одеждами. Они-то истинные твои злодеи, затмевающие очи твои и вход мне в твои чертоги воспрещающие. Един раз являюся я царям во всё время их царствования, да познают меня в истинном виде; но я никогда не оставлю жилища смертных. Пребывание мое не есть в чертогах царских. Стража, обсевшая их вокруг и бдящая денно-нощно стоглазно, воспрещает мне вход в оные. Если когда проникну сию сплоченную толпу, то, подняв бич гонения, все тебя окружающие тщатся меня изгнать из обиталища твоего; бди убо, да паки не удалюся от тебя. Тогда словеса ласкательства, ядовитые пары издыхающие, бельма твои паки возродят, и кора, светом непроницаемая, покрывает твои очи. Тогда ослепление твое будет сугубо; едва на шаг один взоры твои досязать будут. Всё в веселом являться тебе будет виде. Уши твои не возмутятся стананием, но усладится слух сладкопением ежечасно. Жертвенные курения обыдут на лесть отверстую душу. Осязанию твоему подлежать будет всегда гладкость. Никогда не раздерет благотворная шероховатость в тебе нервов осязательности. Вострепещи теперь за таковое состояние. Туча вознесется над главой твоей, и стрелы карающего грома готовы будут на твое поражение. Но я, вещаю тебе, поживу в пределах твоего обладания. Егда восхощешь меня видети, егда осажденная кознями ласкательства душа твоя взалкает моего взора, воззови меня из твоея отдаленности; где слышен будет твердый мой глас, там меня и обрящешь. Не убойся гласа моего николи. Если из среды народныя возникнет муж, порицающий дела твои, ведай, что той есть твой друг искренний. Чуждый надежды мзды, чуждый рабского трепета, он твердым гласом возвестит меня тебе. Блюдись и не дерзай его казнити, яко общего возмутителя. Призови его, угости его, яко странника. Ибо всяк, порицающий царя в самовластии его, есть странник земли, где всё пред ним трепещет. Угости его, вещаю, почти его, да возвратившися возможет он паче и паче глаголати нельстиво. Но таковые твердые сердца бывают редки; едва в целом столетии явится на светском ристалище. А дабы бдительность твоя не усыплялася негою власти, ее кольцо дарую тебе, да возвестит оно тебе твою неправду, когда на нее дерзать будешь. Ибо ведай, что ты первейший в обществе можешь быть убийца, первейший разбойник, первейший предатель, первейший нарушитель общия тишины, враг лютейший, устремляющий злость свою на внутренность слабого. Ты виною будешь, если мать восплачет о сыне своем, убиенном на ратном поле, и жена о муже своем; ибо опасность плена едва оправдать убийство, войною называемое. Ты виною будешь, если запустеет нива, если птенцы земледелателя лишатся жизни у тощего, без здравыя пищи, сосца материя. Но обрати теперь взоры свои на себя и на предстоящих тебе, воззри на исполнение твоих велений, и если душа твоя не содрогнется от ужаса при взоре таковом, то отыду от тебя, и чертог твой загладится навсегда в памяти моей.

Изрекшия странницы лицо казалося веселым и вещественным сияющее блеском. Воззрение на нее вливало в душу мою радость. Уже не чувствовал я в ней зыбей тщеславия и надутлости высокомерия. Я ощущал в ней тишину; волнение любочестия и обуревание властолюбия ее не касалися. Одежды мои, столь блестящие, казалися замараны кровию и омочены слезами. На перстах моих виделися мне остатки мозга человеческого; ноги мои стояли в тине. Вокруг меня стоящие являлися того скареднее. Вся внутренность их казалась черною и сгораемою тусклым огнем ненасытности. Они метали на меня и друг на друга искаженные взоры, в коих господствовали хищность, зависть, коварство и ненависть. Военачальник мой, посланный на завоевание, утопал в роскоши и веселии. В войсках подчиненности не было; воины мои почитались хуже скота, не радели ни о их здравии, ни прокормлении; жизнь их ни во что вменялася; лишались они установленной платы, которая употреблялась на ненужное им украшение. Большая половина новых воинов умирали от небрежения начальников или ненужныя и безвременныя строгости. Казна, определенная на содержание всеополчения, была в руках учредителя веселостей. Знаки военного достоинства не храбрости были уделом, но подлого раболепия. Я зрел пред собою единого знаменитого по словесам военачальника военачальника, коего я отличными почтил знаками моего благоволения; я зрел ныне ясно, что всё его отличное достоинство состояло в том только, что он пособием был в насыщении сладострастия своего начальника и на оказание мужества не было ему даже случая, ибо он издали не видал неприятеля. От таких-то воинов я ждал себе новых венцов. Отвратил я взор мой от тысящи бедств, представившихся очам моим.

Корабли мои, назначенные, да прейдут дальнейшие моря, видел я плавающими при устье пристанища. Начальник, полетевший для исполнения моих велений на крылех ветра, простерши на мягкой постеле свои члены, упоялся негою и любовию в объятиях наемной возбудительницы его сладострастия. На изготовленном велением его чертеже совершенного в мечтании плавания уже видны были во всех частях мира новые острова, климату их свойственными плодами изобилующие. Обширные земли и многочисленные народы изрождалися из кисти новых сил путешествователей. Уже при блеске нощных светильников начерталося величественное описание сего путешествия и сделанных приобретений слогом цветущим и великолепным. Уже златые д[о]ски уготовлялися на одежду столь важного сочинения. О Кук! почто ты жизнь свою провел в трудах и лишениях? Почто скончал ее плачевным образом? Если бы воссел на сии корабли, в веселиях начав путешествие и в веселиях его скончав, столь же бы много сделал открытий, сидя на одном месте, и (в моем государстве) толико же бы прославился; ибо ты бы почтен был твоим государем.

Подвиг мой, коим в ослеплении моем душа моя наиболее гордилася, отпущение казни и прощение преступников едва видны были в обширности гражданских деяний. Веление мое или было совсем нарушено, обращаяся не в ту сторону, или не имело желаемого действия превратным оного толкованием и медлительным исполнением. Милосердие мое сделалося торговлею, и тому, кто давал больше, стучал молот жалости и великодушия.

Вместо того чтобы в народе моем чрез отпущение вины прослыть милосердым, я прослыл обманщиком, ханжею и пагубным комедиантом. — Удержи свое милосердие, вещали тысячи гласов, не возвещай нам его великолепным словом, если не хощешь его исполнити. Не сплощай с обидою насмешку, с тяжестию ее ощущение. Мы спали и были покойны, ты возмутил наш сон; мы бдеть не желали, ибо не над чем. — В созидании городов видел я одно расточение государственныя казны, нередко омытой кровию и слезами моих подданных. В воздвижении великолепных зданий к расточению нередко присовокуплялося и непонятие о истинном искусстве. Я зрел расположение их внутренное и внешное без малейшего вкуса. Виды оных принадлежали веку готфов и вандалов. В жилище, для Мусс уготованном, не зрел я лиющихся благотворно струев Касталии и Ипрокрены, едва пресмыкающееся искусство дерзало возводить свои взоры выше очерченной обычаем округи. Зодчие, согбенные над чертежом здания, не о красоте оного помышляли, но как приобретут ею себе стяжание. Возгнушался я моего пышного тщеславия и отвратил очи мои. — Но паче всего уязвило душу мою излияние моих щедрот. Я мнил в ослеплении моем, что ненужная казна общественная на государственные надобности не может лучше употребиться, как на вспоможение нищего, на одеяние нагого, на прокормление алчущего, или на поддержание погибающего противным случаем, или на мзду не радящему о стяжании достоинству и заслуге. Но сколь прискорбно было видеть, что щедроты мои изливалися на богатого, на льстеца, на вероломного друга, на убийцу иногда тайного, на предателя и нарушителя общественной доверенности, на уловившего мое пристрастие, на снисходящего моим слабостям, на жену, кичащуюся своим бесстыдством. Едва-едва досязали слабые источники моея щедроты застенчивого достоинства и стыдливыя заслуги. Слезы пролились из очей моих и сокрыли от меня толь бедственные представления безрассудной моей щедроты... — Теперь ясно я видел, что знаки почестей, мною раздаваемые, всегда доставалися в удел недостойным. Достоинство неопытное, пораженное первым блеском сих мнимых блаженств, вступало в единый путь с ласкательством и подлостию духа, на снискание почестей, вожделенной смертных мечты; но, влача косвенно стопы свои, всегда на первых степенях изнемогало и довольствоваться было осуждаемо собственным своим одобрением, во уверении, что почести мирские суть пепл и дым. Видя во всем толикую превратность, от слабости моей и коварства министров моих проистекшую, видя, что нежность моя обращалась на жену, ищущую в любви моей удовлетворение своего только тщеславия и внешность только свою на усладжение мое устрояющую, когда сердце ее ощущало ко мне отвращение, — возревел я яростию гнева: — Недостойные преступники, злодеи! вещайте, почто во зло употребили доверенность господа вашего? предстаньте ныне пред судию вашего. Вострепещите в окаменелости злодеяния вашего. Чем можете оправдать дела ваши? Что скажете во извинение ваше? Се он, его же призову из хижины уничижения. Приди, — вещал я старцу, коего созерцал в крае обширныя моея области крыющегося под заросшею мхом хижиною, — прииди облегчить мое бремя; прииди и возврати покой томящемуся сердцу и востревоженному уму. — Изрекши сие, обратил я взор мой на мой сан, познал обширность моея обязанности, познал, откуда проистекает мое право и власть. Вострепетал во внутренности моей, убоялся служения моего. Кровь моя пришла в жестокое волнение, и я пробудился. — Еще не опомнившись, схватил я себя за палец, но тернового кольца на нем не было. О, если бы оно пребывало хотя на мизинце царей!

Властитель мира, если, читая сон мой, ты улыбнешься с насмешкою или нахмуришь чело, ведай, что виденная мною странница отлетела от тебя далеко и чертогов твоих гнушается.

ПОДБЕРЕЗЬЕ

Насилу очнуться я мог от богатырского сна, в котором я столько сгрезил. — Голова моя была свинцовой тяжелее, хуже, нежели бывает с похмелья у пьяниц, которые по неделе пьют запоем. Не в состоянии я был продолжать пути и трястися на деревянных дрогах (пружин у кибитки моей не было). Я вынул домашний лечебник; искал, нет ли в нем рецепта от головной дурноты, происходящей от бреду во сне и наяву. Лекарство со мною хотя всегда ездило в запасе, но, по пословице: на всякого мудреца довольно простоты, — против бреду я себя не предостерег, и оттого голова моя, приехав на почтовый стан, была хуже болвана.

Вспомнил я, что некогда блаженной памяти нянюшка моя Клементьевна, по имени Прасковья, нареченная Пятница, охотница была до кофею и говаривала, что помогает он от головной боли. — Как чашек пять выпью, — говаривала она, — так и свет вижу, а без того бы умерла бы в три дни.

Я взялся за нянюшкино лекарство, но, не привыкнув пить вдруг по пяти чашек, попотчевал излишне для меня сваренным молодого человека, который сидел на одной со мной лавке, но в другом углу у окна. — Благодарю усердно, — сказал он, взяв чашку с кофеем. — Приветливый вид, взгляд неробкий, вежливая осанка, казалось, не кстати были к длинному полукафтанью и к примазанным квасом волосам. Извини меня, читатель, в моем заключении, я родился и вырос в столице, и, если кто не кудряв и не напудрен, то я ни во что не чту. Если и ты деревенщина и волос не пудришь, то не осуди, буде я на тебя не взгляну и пройду мимо.

Слово за слово, я с новым моим знакомым поладил. Узнал, что он был из Новогородской семинарии и шел пешком в Петербург повидаться с дядею, который был секретарем в губернском штате. Но главное его намерение было, чтоб сыскать случай для приобретения науки. — Сколь великий недостаток еще у нас в пособиях просвещения, — говорил он мне. — Одно сведение латинского языка не может удовлетворить разума, алчущего науки. Виргилия, Горация, Тита Ливия, даже Тацита, почти знаю наизусть, но когда сравню знания семинаристов с тем, что я имел случай, по счастию моему, узнать, то почитаю училище наше принадлежащим к прошедшим столетиям. Классические авторы нам всем известны, но мы лучше знаем критические объяснения текстов, нежели то, что их доднесь делает приятными, что вечность для них уготовало. Нас учат философии, проходим мы логику, метафизику, ифику, богословие, но, по словам Кутейкина в "Недоросле", дойдем до конца философского учения и возвратимся вспять. Чему дивиться: Аристотель и схоластика доныне царствуют в семинариях. Я, по счастию моему, знаком стал в доме одного из губернских членов в Новегороде, имел случай приобрести в оном малое знание во французском и немецком языках и пользовался книгами хозяина того дома. Какая разница в просвещении времен, когда один латинский язык был в училищах употребителен, с нынешним временем! Какое пособие к учению, когда науки не суть таинства, для сведущих латинский язык токмо отверстые, но преподаются на языке народном! — Но для чего, — прервав он свою речь, продолжал, — для чего не заведут у нас вышних училищ, в которых бы преподавалися науки на языке общественном, на языке российском? Учение всем бы было внятнее; просвещение доходило бы до всех поспешнее и одним поколением позже за одного латинщика нашлось бы двести человек просвещенных; по крайней мере в каждом суде был бы хотя один член, понимающий, что есть юриспруденция или законоучение. — Боже мой! — продолжал он с восклицанием: — если бы привести примеры из размышлений и разглагольствований судей наших о делах! Что бы сказали Гроций, Монтескью, Блекстон!

— Ты читал Блекстона? — Читал первые две части, на российский язык переведенные. Не худо бы было заставлять судей наших иметь сию книгу вместо святцев, заставлять их чаще в нее заглядывать, нежели в календарь. Как не потужить, — повторил он, — что у нас нет училищ, где бы науки преподавались на языке народном.

Вошедший почталион помешал продолжению нашей беседы. Я успел семинаристу сказать, что скоро желание его исполнится, что уже есть повеление о учреждении новых университетов, где науки будут преподаваться по его желанию. — Пора, государь мой, пора...

Между тем как я платил почталиону прогонные деньги, семинарист вышел вон. Выходя, выронил небольшой пук бумаги. Я поднял упавшее и не отдал ему. Не обличи меня, любезный читатель, в моем воровстве; с таким условием я и тебе сообщу, что подтибрил. Когда же прочтешь, то знаю, что кражи моей наружу не выведешь: ибо не тот один вор, кто крал, но и тот, кто принимал, — так писано в законе русском. Признаюсь, я на руку нечист; где что немного похожее на рассудительное увижу, то тотчас стяну; смотри, ты не клади мыслей плохо. — Читай, что мой семинарист говорит:

Кто мир нравственный уподобил колесу, тот, сказав великую истину, не иное что, может быть, сделал, как взглянул на круглый образ земли и других великих в пространстве носящихся тел, изрек только то, что зрел. Поступая в познании естества, откроют, может быть, смертные тайную связь вещей духовных или нравственных с вещами телесными или естественными; что причина всех перемен, превращений, превратностей мира нравственного или духовного зависит, может быть, от круогобразного вида нашего обиталища и других к солнечной системе принадлежащих тел, равно, как и оно, кругообразных и коловращающихся... На мартиниста похоже; на ученика Шведенборга... Нет, мой друг! я пью и ем не для того только, чтоб быть живу, но для того, что в том нахожу немалое услаждение чувств. И покаюся тебе, как отцу духовному: я лучше ночь просижу с пригоженькою девочкою и усну упоенный сладострастием в объятиях ее, нежели, зарывшись в еврейские или арабские буквы, в цифири или египетские иероглифы, потщуся отделить дух мой от тела и рыскать в пространных полях бредоумствований, подобен древним и новым духовным витязям. Когда умру, будет время довольно на неосязательность, и душенька моя набродится досыта.

Оглянись назад, кажется, еще время то за плечами близко, в которое царствовало суеверие и весь его причет: невежество, рабство, инквизиция и многое кое-что. Давно ли то было, как Волтер кричал, против суеверия до безголосицы: давно ли Фридрих неутолимый его был враг не токмо словом своим и деяниями, но, что для него страшнее, державным своим примером. Но в мире сем всё происходит на прежнюю степень, ибо всё в разрушении свое имеет начало. Животное, прозябаемое, родится, растет, дабы произвести себе подобных, потом умереть и уступить им свое место. Бродящие народы собираются во грады, основывают царства, мужают, славятся, слабеют, изнемогают, разрушаются. Места пребывания их не видно; даже имена их погибнут. Христианское общество вначале было смиренно, кротко, скрывалося в пустынях и вертепах, потом усилилось, вознесло главу, устранилось своего пути, вдалося суеверию; в исступлении шло стезею, народам обыкновенною; воздвигло начальника, расширило его власть, и папа стал всесильный из царей. Лутер начал преобразование, воздвиг раскол, изъялся из-под власти его и много имел последователей. Здание предубеждения о власти папской рушиться стало, стало исчезать и суеверие, истина нашла любителей, попрала огромный оплот предрассуждений, но недолго пребыла в сей стезе. Вольность мыслей вдалася необузданности. Не было ничего святого, на всё посягали. Дошед до краев возможности, вольномыслие возвратится вспять. Сия перемена в образе мыслей предстоит нашему времени. Не дошли еще до последнего края беспрепятственного вольномыслия, но многие уже начинают обращаться к суеверию. Разверни новейшие таинственные творения, возмнишь быти во времена схоластики и словопрений, когда о речениях заботился разум человеческий, не мысли о том, был ли в речении смысл; когда задачею любомудрия почиталося и на решение исследователей истины отдавали вопрос, сколько на игольном острии может уместиться душ.

Если потомкам нашим предложит заблуждение, если, оставя естественность, гоняться будут за мечтаниями, то весьма полезный бы был труд писателя, показавшего нам из прежних деяний шествие разума человеческого, когда, сотрясший мглу предубеждений, он начал преследовать истину до выспренностей ее и когда, утомленный, так сказать, своим бодрствованием, растлевать начинал паки свои силы, томиться и ниспускаться в туманы предрассудков и суеверия. Труд сего писателя бесполезен не будет: ибо, обнажая шествие наших мыслей к истине и заблуждению, устранит хотя некоторых от пагубной стези и заградит полет невежества; блажен писатель, если творением своим мог просветить хотя единого, блажен, если в едином хотя сердце посеял добродетель.

Счастливыми назваться мы можем: ибо не будем свидетели крайнего посрамления разумныя твари. Ближние наши потомки счастливее нас еще быть могут. Но пары, в грязи омерзения почившие, уже воздымаются и предопределяются объяти зрения круг.

Блаженны, если не узрим нового Магомета; час заблуждения

еще отдалится. Внемли, когда в умствованиях, когда в суждениях о вещах нравственных и духовных начинается ферментация и восстает муж твердый и предприимчивый на истину или на прельщение, тогда последует премена царств, тогда премена в исповеданиях.

На лестнице, по которой разум человеческий нисходить долженствует во тьму заблуждений, если покажем что-либо смешное и улыбкою соделаем добро, блаженны наречемся.

Бродя из умствования в умствование, о возлюбленные, блюдитеся, да не вступите на путь следующих исследований:

Вещал Акиба: вошед по стезе Равви Иозуа в сокровенное место, я познал тройственное. Познал 1-е: не на восток и не на запад, но на север и юг обращатися довлеет. Познал 2-е: не на ногах стоящему, но восседая надлежит испражняться. Познал 3-е: не десницею, но шуйцею отирать надлежит задняя. На сие возразил Бен Газас: дотоле обесстудил еси чело свое на учителя, да извергающего присматривал? Ответствовал он: сии суть таинства закона; и нужно было, да сотворю сотворенное и их познаю.

Смотри Белев словарь, статью Акиба.

НОВГОРОД

Гордитеся тщеславные созидатели градов, гордитесь, основатели государств; мечтайте, что слава имени вашего будет вечна; столпите камень да камень до самых облаков; иссекайте изображения ваших подвигов и надписи, дела ваши возвещающие. Полагайте твердые основания правления законом непременным. Время с острым рядом зубов смеется вашему кичению. Где мудрые Солоновы и Ликурговы законы, вольность Афин и Спарты утверждавшие? — В книгах. — А на месте их пребывания пасутся рабы жезлом самовластия. — Где нынешняя Троя, где Карфага? — Едва ли видно место, где гордо они стояли. — Курится ли таинственно единому существу нетленная жертва во славных храмах Древнего Египта? Великолепные оных остатки служат убежищем блеющему скоту во время среденденного зноя. Не радостными слезами благодарения всевышнему отцу они орашаемы, но смрадными извержениями скотского тела. — О! гордость, о! Надменность человеческая, воззри на сие и познай, колико ты ползуща!

В таковых размышлениях подъезжал я к Новугороду, смотря на множество монастырей, вокруг оного лежащих.

Сказывают, что все сии монастыри, даже и на пятнадцать верст расстоянием от города находящиеся, заключалися в оном; что из стен его могло выходить до ста тысяч войска. Известно по летописям, что Новгород имел народное правление. Хотя у их были князья, но мало имели власти. Вся сила правления заключалась в посадниках и тысяцких. Народ в собрании своем на вече был истинный государь. Область Новгородская простиралась на севере даже за Волгу. Сие вольное государство стояло в Ганзейском союзе. Старинная речь: кто может стать против Бога и великого Новагорода, — служить может доказательством его могущества. Торговля была причиною его возвышения. Внутренние несогласия и хищный сосед совершили его падение.

На мосту вышел я из кибитки моей, дабы насладиться зрелищем течения Волхова. Не можно было, чтобы не пришел мне на память поступок царя Ивана Васильевича по взятии Новагорода. Уязвленный сопротивлением сея республики, сей гордый, зверский, но умный властитель хотел ее разорить до основания. Мне зрится он с долбнею на мосту стоящ, так иные повествуют, приносяй на жертву ярости своей старейших и начальников новогородских. Но какое он имел право свирепствовать против них, какое он имел право присвоять Новгород? То ли, что первые великие князья российские жили в сем городе? Или что он писался царем всея Русии? Или что новгородцы были славенского племени? Но на что право, когда действует сила? Может ли оно существовать, когда решение запечатлеется кровию народов? Может ли существовать право, когда нет силы на приведение его в действительность? Много было писано о праве народов, нередко имеют на него ссылку; но законоучители не помышляли, может ли быть между народами судия. Когда возникают между ими вражды, когда ненависть или корысть устремляет их друг на друга, судия их есть меч. Кто пал мертв или обезоружен, тот и виновен; повинуется непрекословно сему решению, и апелляции на оное нет. — Вот почему Новгород принадлежал царю Ивану Васильевичу. Вот для чего он его разорил и дымящиеся его остатки себе присвоил. — Нужда, желание безопасности и сохранности созидают царства; разрушают их несогласие, ухищрение и сила. — Что ж есть право народное? — Народы, говорят законоучители, находятся один в рассуждении другого в таком же положении, как человек находится в отношении другого в естественном состоянии. — Вопрос: в естественном состоянии человека какие суть его права? Ответ: взгляни на него. Он наг, алчущ, жаждущ. Всё, что взять может на удовлетворение своих нужд, всё присвояет. Если бы что тому воспрепятствовать захотело, он препятствие удалит, разрушит и приобретет желаемое. Вопрос: если на пути удовлетворения нуждам своим он обрящет подобного себе, если, например, двое, чувствуя голод, восхотят насытиться одним куском, — кто из двух большее к приобретению имеет право? Ответ: тот, кто кусок возьмет. Вопрос: кто же возьмет кусок? Ответ: кто сильнее. — Неужели сие есть право естественное, неужели ее основание права народного! — Примеры всех времян свидетельствуют, что право без силы было всегда в исполнении почитаемо пустым словом. — Вопрос: что есть право гражданское? Ответ: кто едет на почте, тот пустяками не занимается и думает, как бы лошадей поскорее промыслить.

Из летописи Новогородской

Навогородцы с великим князем Ярославом Ярославичем вели войну и заключили письменное примирение. —

Новогородцы сочинили письмо для защищения своих вольностей и утвердили оное пятидесятью осьмью печатьми. —

Новогородцы запретили у себя обращение чеканной монеты, введенной татарами в обращение. —

Новгород в 1420 году начал бить свою монету. —

Новгород стоял в Ганзейском союзе. —

В Новогороде был колокол, по звону которого народ собирался на вече для рассуждения о вещах общественных. —

Царь Иван письмо и колокол у новогородцев отнял. —

Потом — в 1500 году — в 1600 году — в 1700 году — Новгород стоял на прежнем месте.

Но не всё думать о старине, не всё думать о завтрашнем дне. Если беспрестанно буду глядеть на небо, не смотря на то, что под ногами, то скоро споткнусь и упаду в грязь... — размышлял я. Как ни тужи, а Новагорода по-прежнему не населишь. Что Бог даст вперед. — Теперь пора ужинать. Пойду к Карпу Дементьичу...

— Ба! ба! ба! добро пожаловать, откуды Бог принес, — говорил мне приятель мой Карп Дементьич, прежде сего купец третьей гильдии, а ныне именитый гражданин. — По пословице, счастливый к обеду. Милости просим садиться. — Да что за пир у тебя? — Благодетель мой, я женил вчера парня своего. — Благодетель твой, — подумал я, — не без причины он меня так величает. Я ему, как и другие, пособил записаться в именитые граждане. Дед мой будто должен был по векселю 1000 рублей, кому, того не знаю, с 1737 году. Карп Дементьич в 1780 вексель где-то купил и какой-то приладил к нему протест. Явился он ко мне с искусным стряпчим, и в то время взяли они с меня милостиво одни только проценты за 50 лет, а занятой капитал мне весь подарили. — Карп Дементьич человек признательный. — Невестка, водки нечаянному гостю. — Я водки не пью. — Да хотя прикушай. Здоровья молодых... — и сели ужинать.

По одну сторону меня сел сын хозяйский, а по другую посадил Карп Дементьич свою молодую невестку... Прервем речь, читатель. Дай мне карандаш и листочек бумажки. Я тебе во удовольствие нарисую всю честную компанию и тем тебя причастным сделаю свадебной пирушке, хотя бы ты на Алеутских островах бобров ловил. Если точных не спишу портретов, то доволен буду их силуетами. Лаватер и по них учит узнавать, кто умен и кто глуп.

Карп Дементьич — седая борода в восемь вершков от нижней губы. Нос кляпом, глаза ввалились, брови как смоль, кланяется об руку, бороду гладит, всех величает: благодетель мой. — Аксинья Парфентьевна, любезная его супруга. В шестьдесят лет бела, как снег, и красна, как маков цвет, губки всегда сжимает кольцом, ренского не пьет, перед обедом полчарочки при гостях, да в чулане стаканчик водки. Приказчик мужнин хозяину на счете показывает: по приказанию Аксиньи Парфентьевны куплено годового запасу 3 пуда белил ржевских и 30 фунтов румян листовых... Приказчики мужнины — Аксиньины камердинеры. — Алексей Карпович, сосед мой застольный. Ни уса, ни бороды, а нос уже багровый, бровями моргает, в кружок острижен, кланяется гусем, отряхивая голову и поправляя волосы. В Петербурге был сидельцем. На аршин когда меряет, то спускает на вершок; за то его отец любит как сам себя; на пятнадцатом году матери дал оплеуху. — Парасковья Денисовна, его новобрачная супруга, бела и румяна. Зубы как уголь. Брови в нитку, чернее сажи. В компании сидит, потупя глаза, но во весь день от окошка не отходит и пялит глаза на всякого мужчину. Под вечерок стоит у калитки. Глаз один подбит. Подарок ее любезного муженька для первого дня; а у кого догадка есть, тот знает, за что.

Но, любезный читатель, ты уже зеваешь. Полно, видно, мне снимать силуеты. Твоя правда; другого не будет, как нос да нос, губы да губы. Я и того не понимаю, как ты на силуете белилы и румяна распознаешь.

— Карп Дементьич, чем ты ныне торгуешь? В Петербург не ездишь, льну не привозишь, ни сахару, ни кофе, ни красок не покупаешь. Мне кажется, что торг твой тебе был не в убыток. — От него-то было я и разорился. Но насилу Бог спас. Получив одним годом изрядный барышок, я жене построил здесь дом. На следующий год был льну неурожай, и я не мог поставить, что законтрактовал. Вот отчего я торговать пересла. — Помню, Карп Дементьич, что за тридцать тысяч рублей, забранных вперед, ты тысячу пуд льну прислал должникам на раздел. — Ей, больше не можно было, поверь моей совести. — Конечно, и на заморские товары был в том году неурожай. Ты забрал тысяч на двадцать... Да, помню; на них пришла головная боль. — Подлинно, благодетель, у меня голова так болела, что чуть не треснула. Да чем могут заимодавцы мои на меня жаловаться? Я им отдал всё мое имение. — По три копейки на рубль. — Никак нет-ста, по пятнадцати. — А женин дом? — Как мне до него коснуться; он не мой. — Скажи же, чем ты торгуешь? — Ничем, ей ничем. С тех пор как я пришел в несостояние, парень мой торгует. Нынешним летом, слава Богу, поставил льну на двадцать тысяч. — На будущее, конечно, законтрактует на пятьдесят, возьмет половину денег вперед и молодой жене построит дом. — Алексей Карпович только что улыбается: — Старинный шутник, благодетель мой. Полно молоть пустяки; возьмемся за дело. — Я не пью, ты знаешь. — Да хоть прикушай.

Прикушай, прикушай, — я почувствовал, что у меня щеки начали рдеть, и под конец пира я бы, как и другие, напился пьян. Но, по счастию, век за столом сидеть нельзя, так, как всегда быть умным невозможно. И по той самой причине, по которой я иногда дурачусь и брежу, на свадебном пиру я был трезв.

Вышед от приятеля моего Карпа Дементьича, я впал в размышление. Введенное повсюду вексельное право, то есть строгое и скорое по торговым обязательствам взыскание, почитал я доселе охраняющим доверие законоположением; почитал счастливым новых времен изобретением для усугубления быстрого в торговле обращения, чего древним народам на ум не приходило. Но отчего же, буде нет честности в дающем вексельное обязательство, отчего оно тщетная только бумажка? Если бы строгого взыскания по векселям не существовало, ужели бы торговля исчезла? Не заимодавец ли должен знать, кому он доверяет? О ком законоположение более пещися долженствует, о заимодавце или о должнике? Кто более в глазах человечества заслуживает уважения, заимодавец ли, теряющий свой капитал, для того что не знал кому доверил, или должник в оковах и в темнице? С одной стороны — легковерность, с другой — почти воровство. Тот поверил, надеясь на строгое законоположение, а сей... А если бы взыскание по векселям не было столь строгое? Не было бы места легковерию, не было бы, может быть, плутовства в вексельных делах... Я начал опять думать, прежняя система пошла к черту, и я лег спать с пустою головою.

БРОННИЦЫ

Между тем как в кибитке моей лошадей переменяли, я захотел посетить высокую гору, близ Бронниц находящуюся, на которой, сказывают, в древние времена, до пришествия, думаю, славян, стоял храм, славившийся тогда издаваемыми в оном прорицаниями, для слышания коих многие северные владельцы прихаживали. На том месте, повествуют, где ныне стоит село Бронницы, стоял известный в северной древней истории город Холмоград. Ныне же на месте славного древнего капища построена малая церковь.

Восходя на гору, я вообразил себя преселенного в древность и пришедшего, да познаю от державного божества грядущее и обрящу спокойствие моей нерешимости. Божественный ужас объемлет мои члены, грудь моя начинает воздыматься, взоры мои тупеют, и свет в них меркнет. Мне слышится глас, грому подобный вещай: безумный! почто желаешь познати тайну, которую я сокрыл от смертных непроницаемым покровом неизвестности? Почто, о дерзновенный! познати жаждешь то, что едина мысль предвеяна постигать может? Ведай, что неизвестность будущего соразмерна бренности твоего сложения. Ведай, что предузнанное блаженство теряет свою сладость долговременным ожиданием, что прелестность настоящего векселя, нашед утомленные силы, немощна произвести в душе столь приятного дрожания, какое веселие получает от нечаянности. Ведай, что предузнанная гибель отнимает безвременно спокойствие, отравляет утехи, ими же наслаждался бы, если бы скончания их не предузнал. Чего ищеши, чадо безрассудное? Премудрость моя всё нужное насадила в разуме твоем и сердце. Вопроси их во дни печали и обрящешь утешителей. Вопроси их во дни радости и найдешь обуздателей наглого счастия. Возвратись в дом свой, возвратись к семье своей; успокой отревоженные мысли, вниди во внутренность свою, там обрящешь мое божество, там услышишь мое вещание. — И треск сильного удара, гремящего во власти Перуна, раздался в долинах далеко. — Я опомнился. — Достиг вершины горы и, узрев церковь, возвел я руки на небо. — Господи, — возопил я, — се храм твой, се храм, вещают, истинного, единого Бога. На месте сем, на месте твоего ныне пребывания, повествуют, стоял храм заблуждения. Но не могу поверить, о всесильный! чтобы человек мольбу сердца своего воссылал ко другому какому-либо существу, а не к тебе. Мощная десница твоя, невидимо всюду простертая, и самого отрицателя всемогущия воли твоея нудит признавати природы строителя и содержателя. Если смертный в заблуждении своем странными, непристойными и зверскими нарицает тебя именованиями, почитание его, однако же, стремится к тебе, предвечному, и он трепещет пред твоим могуществом. Егова, Юпитер, Брама; Бог Авраама, Бог Моисея, Бог Конфуция, Бог Зороастра, Бог Сократа, Бог Марка Аврелия, Бог христиан, о Бог мой! ты един повсюду. Если в заблуждении своем смертные, казалося, не тебя чтили единого, но боготворили они твои несравненные силы, твои неуподобляемые дела. Могущество твое, везде и во всем ощущаемое, было везде и во всем поклоняемо. Безбожник, тебя отрицающий, признавая природы закон непременный, тебе же приносит тем хвалу, хваля тебя паче нашего песнопения. Ибо, проникнутый до глубины своея изящностию твоего творения, ему предстоит трепетен. — Ты ищешь, отец всещедрый, искреннего сердца и души непорочной; они отверсты везде на твое пришествие. Сниди, Господи, и воцарися в них. — И пребыл я несколько мгновений отриновен окрестных мне предметов, нисшед во внутренность мою глубоко. — Возвед потом очи мои, обратив взоры на близстоящие селения, — се хижины уничижения, — вещал я, — на месте, где некогда град великий гордые возносил свои стены. Ни малейшего даже признака оных не осталося. Рассудок претит имети веру и самой повести: столь жуждущ он убедительных и чувственных доводов. — И всё, что зрим, прейдет; всё рушится, всё будет прах. Но некий тайный глас вещает мне: пребудет нечто вовеки живо.

С течением времени все звезды помрачатся,
померкнет солнца блеск; природа, обветшав
лет дряхлостью, падет.
Но ты во юности бессмертной процветешь,
незыблемый среди сражения стихиев,
развалин вещества, миров всех разрушенья[1].

ЗАЙЦОВО

В Зайцове на почтовом дворе нашел я давнышнего моего приятеля г. Крестьянкина. Я с ним знаком был с ребячества. Редко мы бывали в одном городе; но беседы наши, хотя не часты, были, однако же, откровенны. Г. Крестьянкин долго находился в военной службе и, наскучив жестокостями оной, а особенно во время войны, где великие насилия именем права войны прикрываются, перешел в статскую. По несчастию его, и в статской службе не избегнул того, от чего, оставляя военную, удалиться хотел. Душу он имел очень чувствительную и сердце человеколюбивое. Дознанные его столь превосходные качества доставили ему место председателя уголовной палаты. Сперва не хотел он на себя принять сего звания, но, помыслив несколько, сказал он мне: — Мой друг, какое обширное поле отверзается мне на удовлетворение любезнейшей склонности моея души! какое упражнение для мягкосердия! Сокрушим скиптер жестокости, который столь часто тягчит рамена невинности; да опустеют

1 "Смерть Катонова", трагедия Еддесонова. Действи. V. Явлен. I. (*Примечания Радищева.*)

темницы, и да не узрит их оплошливая слабость, нерадивая неопытность, и случай во злодеяние да не вменится николи. О мой друг! исполнением моея должности источу слезы родителей о чадах, воздыхания супругов; но слезы сии будут слезы обновления во благо. Но иссякнут слезы страждущей невинности и простодушия. Колико мысль сия меня восхищает. Пойдем, ускорим отъезд мой. Может быть, скорое прибытие мое там нужно. Замедля, могу быть убийцею, не предупреждая заключения или обвинения прощением или разрешением от уз.

С таковыми мыслями поехал приятель мой к своему месту. Сколь же много удивился я, узнав от него, что он оставил службу и намерен жить всегда в отставке.

— Я думаю, мой друг, — говорил мне г. Крестьянкин, — что услаждающую рассудок и обильную найду жатву в исполнении моея должности. Но вместо того нашел я в оной желчь и терние. Теперь, наскучив оною, не в силах будучи делать добро, оставил место истинному хищному зверю. В короткое время он заслужил похвалу скорым решением залежавшихся дел; а я прослыл копотким. Иные почитали меня иногда мздоимцем за то, что не спешил отягчить жребия несчастных, впадающих в преступление нередко поневоле. До вступления моего в статскую службу приобрел я лестное для меня название человеколюбивого начальника. Теперь самое то же качество, коим сердце мое толико гордилося, теперь почитают послаблением и непозволительною поноровкою. Видел я решения мои исмеянными в том самом, что их изящными делало; видел их оставляемыми без действия. С презрением взирал, что для освобождения действительного злодея и вредного обществу члена или дабы наказать мнимые преступления лишением имения, чести, жизни, начальник мой, будучи не в силах меня преклонить на беззаконное очищение злодейства или на обвинение невинности, преклонял к тому моих сочленов, и нередко я видел благие мои расположения исчезавшими, яко дым в пространстве воздуха. Они же, во мзду своего гнусного послушания, получили почести, кои в глазах моих столь же были тусклы, сколь их прельщали своим блеском. Нередко в затруднительных случаях, когда уверение в невинности названного преступником меня побуждало на мягкосердие, я прибегал к закону, дабы искати в нем подпору моей нерешимости; но часто в нем находил вместо человеколюбия жестокость, которая начало свое имела не в самом законе, но в его обветшалости. Несоразмерность наказания преступлению часто извлекала у меня слезы. Я видел (да и может ли быть иначе), что закон судит о деяниях, не касаяся причин, оные производивших. И последний случай, к таковым деяниям относящийся, понудил меня оставить службу. Ибо, не возмогши спасти невинных, мощною судьбы рукою в преступление вовлеченных, я не хотел быть участником в их казни. Не возмогши облегчить их жребия, омыл руки мои в моей невинности и удалился жестокосердия.

В губернии нашей жил один дворянин, который за несколько уже лет оставил службу. Вот его послужной список. Начал службу свою при дворе истопником, произведен лакеем, камер-лакеем, потом мундшенком; какие достоинства надобны для прохождения сих степеней придворныя службы, мне неизвестно. Но знаю то, что он вино любил до последнего издыхания. Пробыв в мундшенках лет 15, отослан был в Герольдию, для определения по его чину. Но он, чувствуя свою неспособность к делам, выпросился в отставку и награжден чином коллежского асессора, с которым он приехал в то место, где родился, то есть в нашу губернию, лет шесть тому назад. Отличная привязанность к своей отчизне нередко основание имеет в тщеславии. Человек низкого состояния, добившийся в знатность, или бедняк, приобретший богатство, сотрясши всю стыдливости застенчивость, последний и слабейший корень добродетели, предпочитает место своего рождения на распростертие своея пышности и гордыни. Там скоро асессор нашел случай купить деревню, в которой поселился с немалою своею семьею. Если бы у нас родился Гогард, то бы обильное нашел поле на карикатуры в семействе г. асессора. Но я худой живописец; или если бы я мог в чертах лица читать внутренности человека с Лаватеровою проницательностию, то бы и тогда картина асессоровой семьи была примечания достойна. Не имея сих свойств, заставлю вещать их деяния, кои всегда истинные суть черты душевного образования.

Г. асессор, произшед из самого низкого состояния, зрел себя повелителем нескольких сотен себе подобных. Сие вскружило ему голову. Не один он жаловаться может, что употребление власти вскружает голову. Он себя почел высшего чина, крестьян почитал скотами, данными ему (едва не думал ли он, что власть его над ними от Бога проистекает), да употребляет их в работу по произволению. Он был корыстолюбив, копил деньги, жесток от природы, вспыльчив, подл, а потому над слабейшими его надменен. Из сего судить можешь, как он обходился с крестьянами. Они у прежнего помещика были на оброке, он их посадил на пашню, отнял у них всю землю, скотину всю у них купил по цене, какую сам определил, заставил работать всю неделю на себя, а дабы не умирали с голоду, то кормил их на господском дворе, и то по одному разу в день, а иным давал из милости месячину. Если который казался ему ленив, то сек розгами, плетьми, батожьем или кошками, смотря по мере лености; за действительные преступления, как то: кражу не у него, но у посторонних, не говорил ни слова. Казалося, будто хотел в деревне своей возобновить нравы древнего Лакедемона или Запорожской сечи. Случилось, что мужики его для пропитания на дороге ограбили проезжего, другого потом убили. Он их в суд за то не отдал, но скрыл их у себя, объявя правительству, что они бежали; говоря, что ему прибыли не будет, если крестьянина его высекут кнутом и сошлют в работу за злодеяние. Если кто из крестьян что-нибудь украл у него, того он сек как за леность или за дерзкий или остроумный ответ, но сверх того надевал на ноги колодки, кандалы, а на шею рогатку. Много бы мог я тебе рассказать его мудрых распоряжений; но сего довольно для познания моего ироя. Сожительница его полную власть имела над бабами. Помощники в исполнении ее велений были ее сыновья и дочери, как то и у мужа. Ибо сделали они себе правилом, чтобы ни для какой нужды крестьян от работы не отвлекать. Во дворе людей было один мальчик, купленный им в Москве, парикмахер дочернин, да повариха-старуха. Кучера у них не было, ни лошадей; разъезжал всегда на пахотных лошадях. Плетьми или кошками секли крестьян сами сыновья. По щекам били или за волосы таскали баб и девок дочери. Сыновья в свободное время ходили по деревне или в поле играть и бесчинничать с девками и бабами, и никакая не избегала их насилия. Дочери, не имея женихов, вымещали свою скуку над прядильщицами, из которых многих изувечили. Суди сам, мой друг, какой конец мог быть таковым поступкам. Я приметил из многочисленных примеров, что русский народ очень терпелив и терпит до самой крайности; но когда конец положит своему терпению, то ничто не может его удержать, чтобы не преклонился на жестокость. Сие самое и случилось с асессором. Случай к тому подал неистовый и беспутный или, лучше сказать, зверский поступок одного из его сыновей.

В деревне его была крестьянская девка, недурна собою, сговоренная за молодого крестьянина той же деревни. Она понравилась середнему сыну асессора, который употребил всё возможное, чтобы ее привлечь к себе в любовь; но крестьянка верна пребывала в данном жениху ее обещании, что хотя редко в крестьянстве случается, но возможно. В воскресенье должно было быть свадьбе. Отец жениха, по введенному у многих помещиков обычаю, пошел с сыном на господский двор и понес повенечные два пуда меду к своему господину. Сию-то последнюю минуту дворянчик и хотел употребить на удовлетворение своея страсти. Взял с собою обоих братьев и, вызвав невесту чрез постороннего мальчика на двор, потащил ее в клеть, зажав ей рот. Не будучи в силах кричать, она сопротивлялась всеми силами зверскому намерению своего молодого господина. Наконец, превозможенная всеми тремя, принуждена была уступить силе; и уже сие скаредное чудовище начинал исполнение умышленное, как жених, возвратившись из господского дома, вошел на двор и, увидя одного из господчиков у клети, усмнился о их злом намерении. Кликнув отца своего к себе на помощь, он быстрее молнии полетел ко клети. Какое зрелище представилося ему! При его приближении затворилась клеть; но совокупные силы двух братьев немощны были удержать стремления разъяренного жениха. Он схватил близлежащий кол и, вскоча в клеть, ударил вдоль спины хищника своея невесты. Они было хотели его схватить, но, видя отца женихова, бегущего с колом же на помощь, оставили свою добычу, выскочили из клети и побежали. Но жених, догнав одного из них, ударил его колом по голове и ее проломил. Сии злодеи, желая отмстить за свою обиду, пошли прямо к отцу и сказали ему, что, ходя по деревне, они встретились с невестою, с ней пошутили; что, увидя, жених ее начал их бить, будучи вспомогаем своим отцом. В доказательство показали прломленную у одного из братьев голову. Раздраженный до внутренности сердца болезнию своего рождения, отец воскипел гневом ярости. Немедля велел привести пред себя всех трех злодеев, — так он называл жениха, невесту и отца женихова. Представшим им пред него первый вопрос его был о том, кто проломил голову его сыну. Жених в сделанном не отперся, рассказав всё происшествие. — Как ты дерзнул, — говорил старый асессор, — поднять руку на твоего господина? А хотя бы он с твоею невестою и ночь переспал накануне твоея свадьбы, то ты ему за то должен быть благодарен. Ты на ней не женишься; она у меня останется в доме, а вы будете наказаны. — По таковом решении, жениха велел он сечь кошками немилосердно, отдав его в волю своих сыновей. Побои вытерпел он мужественно; неробким духом смотрел, как начали над отцом его то же производить истязание. Но не мог вытерпеть, как он увидел, что невесту господские дети хотели вести в дом. Наказание происходило на дворе. В одно мгновение выхватил он ее из рук ее похищающих, и освобожденные побежали оба со двора. Сие видя, барские сыновья перестали сечь старика и побежали за ними в погоню. Жених, видя, что они его настигать начали, выхватил заборину и стал защищаться. Между тем шум привлек других крестьян ко двору господскому. Они, соболезнуя о участи молодого крестьянина и имея сердце озлобленное против своих господ, его заступили. Видя сие, асессор, подбежав сам, начал их бранить и первого, кто встретился, ударил своею тростию столь сильно, что упал бесчувствен на землю. Сие было сигналом к общему наступлению. Они окружили всех четверых господ и, коротко сказать, убили их до смерти на том же месте. Толико ненавидели они их, что ни один не хотел миновать, чтобы не быть участником в сем убийстве, как то они сами после признался. В самое то время случилось ехать тут исправнику той округи с командою. Он был частию очевидным свидетелем сему происшествию. Взяв виновных под стражу, а виновных было половина деревни, произвел следствие, которое постепенно дошло до уголовной палаты. Дело было выведено очень ясно, и виновные во всем признавались, в оправдание свое приводя только мучительные поступки своих господ, о которых уже вся губерния была известна. Таковому делу я обязан был по долгу моего звания положить окончательное решение, приговорить виновных к смерти и вместо оной к торговой казни и вечной работе. Рассматривая сие дело, я не находил достаточной и убедительной причины к обвинению преступников. Крестьяне, убившие господина своего, были смертоубийцы. Но смертоубийство сие не было ли принужденно? Не причиною ли оного сам убитый асессор? Если в арифметике из двух данных чисел третие следует непрекословно, то и в сем происшествии следствие было необходимо. Невинность убийц, для меня по крайней мере, была математическая ясность. Если, идущу мне, нападет на меня злодей и, вознесши над главою моею кинжал, восхочет меня им пронзить, — убийцею ли я почтуся, если я предупрежу его в его злодеянии и бездыханного его к ногам моим повергну? Если нынешнего века скосырь, привлекший должное на себя презрение, восхочет оное на мне отмстить и, встретясь со мною в уединенном месте, вынув шпагу, сделает на меня нападение, да лишит меня жизни или, по крайней мере, да уязвит меня, — виновен ли я буду, если, извлекши мой меч на защищение мое, я избавлю общество от тревожащего спокойствие его члена? Можно ли почесть деяние оскорбляющим сохранность члена общественного, если я исполню его для моего спасения, если оно предупредит мою пагубу, если без того благосостояние мое будет плачевно навеки?

Исполнен таковыми мыслями, можешь сам вообразить терзание души моей при рассмотрении сего дела. С обыкновенною откровенностью сообщил я мои мысли моим сочленам. Все возопили против меня единым гласом. Мягкосердие и человеколюбие почитали они виновным защищением злодеяний; называли меня поощрителем убийства; называли меня сообщником убийц. По их мнению, при распространении моих вредных мнений исчезнет домашняя сохранность. Может ли дворянин, говорили они, отныне жить в деревне покоен? Может ли он видеть веления его исполняемы? Если ослушники воли господина своего, а паче его убийцы, невинными признаваемы будут, то повиновение прервется, связь домашняя рушится, будет паки хаос, в начальных обществах обитающий. Земледелие умрет, орудия его сокрушатся, нива запустеет и бесплодным порастет злаком; поселяне, не имея над собою власти, скитаться будут в лености, тунеядстве и разыдутся. Города почувствуют властнодержавную десницу разрушения. Чуждо будет гражданам ремесло, рукоделие скончает свое прилежание и рачительность, торговля иссякнет в источнике своем, богатство уступит место скаредной нищете, великолепнейшие здания обветшают, законы затмятся и порастут недействительностью. Тогда огромное сложение общества начнет валиться на части и издыхать в отдаленности от целого; тогда престол царский, где ныне опора, крепость и сопряжение общества зиждутся, обветшает и сокрушится; тогда владыка народов почтется простым гражданином, и общество узрит свою кончину. Сию достойную адския кисти картину тщилися мои сотоварищи предлагать взорам всех, до кого слух о сем деле доходил. — Председателю нашему, — вещали они, — сродно защищать убийство крестьян. Спросите, какого он происхождения? Если не ошибаемся, он сам в молодости своей изволил ходить за сохою. Всегда новостатейные сии дворянчики странные имеют понятия о природном на крестьянами дворянском праве. Если бы от него зависело, он бы, думаем, всех нас поверстал в однодворцы, дабы тем уравнять с нами свое происхождение. — Такими-то словами мнили сотоварищи мои оскорбить меня и ненавистным сделать всему обществу. Но сим не удовольствовались. Говорили, что я принял мзду от жены убитого асессора, да не лишится она крестьян своих отсылкою их в работу, и что сия то истинная была причина странным и вредным моим мнениям, право всего дворянства вообще оскорбляющим. Несмысленные думали, что посмеяние их меня уязвит, что клевета поругает, что лживое представление доброго намерения от оного меня отвлечет! Сердце мое им было неизвестно. Не знали они, что нетрепетен всегда предстою собственному моему суду, что ланиты мои не рдели багровым румянцем совести.

Мздоимство мое основали они на том, что асессорша за мужнину смерть мстить не желала, а, сопровождаема своею корыстию и следуя правилам своего мужа, желала крестьян избавить от наказания, дабы не лишиться своего имения, как то она говорила. С таковою просьбою она приезжала и ко мне. На прощение за убиение ее мужа я с ней был согласен, но разнствовали мы в побуждениях. Она уверяла меня, что сама довольно их накажет, а я уверял ее, что оправдывая убийцев ее мужа, не надлежало их подвергать более той же крайности, дабы паки не были злодеями, как то их называли несвойственно.

Скоро *наместник* известен стал о моем по сему делу мнении, известен, что я старался преклонить сотоварищей моих на мои мысли и что они начинали колебаться в своих рассуждениях, — к чему, однако же, не твердость и убедительность моих доводов

54

способствовали, но деньги асессорши. Будучи сам воспитан в правилах неоспоримой над крестьянами власти, с моими рассуждениями он не мог быть согласен и вознегодовал, усмотрев, что они начинали в суждении сего дела преимуществовать, хотя ради различных причин. Посылает он за моими сочленами, увещевает их, представляет гнусность таких мнений, что они оскорбительны для дворянского общества, что оскорбительны для верховной власти, нарушая ее законоположения; обещает награждение исполняющим закон, претя мщением неповинующимся оному; и скоро сих слабых судей, не имеющих ни правил в размышлениях, ни крепости духа, преклоняет на прежние их мнения. Не удивился я, увидев в них перемену, ибо не дивился и прежде в них воспоследовавшей. Сродно хвилым, робким и подлым душам содрогаться от угрозы власти и радоваться ее приветствию.

Наместник наш, превратив мнения моих сотоварищей, вознамерился и ласкал себя, может быть, превратить и мое. Для сего намерения позвал меня к себе поутру в случившийся тогда праздник. Он принужден был меня позвать, ибо я не хаживал никогда на сии безрассудные поклонения, которые гордость почитает в подчиненных должностию, лесть нужными, а мудрец мерзительными и человечеству поносными. Он избрал нарочно день торжественный, когда у него много людей было в собрании; избрал нарочно для слова своего публичное собрание, надеяся, что тем разительнее убедит меня. Он надеялся найти во мне или боязнь души, или слабость мыслей. Против того и другого устремил он свое слово. Но я за нужное не нахожу пересказывать тебе всё то, чем надменность, ощущение власти и предубеждение к своему проницанию и учености одушевляло его витийство. Надменности его ответствовал я равнодушием и спокойствием, власти — непоколебимостию, доводам — доводами и долго говорил хладнокровно. Но, наконец, содрогшееся сердце разлияло свое избыточество. Чем больше видел я угождений в предстоящих, тем порывистее становился мой язык. Незыблемым гласом и звонким произношением возопил я наконец сие: — Человек родится в мир равен во всем другому. Все одинаковые имеем члены, все имеем разум и волю. Следственно, человек без отношения к обществу есть существо, ни от кого не зависящее в своих деяниях. Но он кладет оным преграду, согласуется не во всем своей единой повиноваться воле, становится послушен велениям себе подобного, словом — становится гражданином. Какия же ради вины обуздывает он свои хотения? почто поставляет над собою власть? почто беспределен в исполнении своея воли, послушания чертою оную ограничивает? Для своея пользы, — скажет рассудок; для своея пользы, — скажет внутреннее чувствование; для своея пользы, — скажет мудрое законоположение. Следственно, где нет его пользы быть гражданином, там он и не гражданин. Следственно, тот, кто восходящет до лишить пользы гражданского звания, есть его враг. Против врага своего он защиты и мщения ищет в законе. Если закон или не в силах его заступить, или того не хочет, или власть его не может мгновенное в предстоящей беде дать вспомоществование, тогда пользуется гражданин природным правом защищения, сохранности, благосостояния. Ибо гражданин, становяся гражданином, не перестает быть человеком, коего первая обязанность, из сложения его происходящая, есть собственная сохранность, защита, благосостояние. Убиенный крестьянами асессор нарушил в них право гражданина своим зверством. В то мгновение, когда он потакал насилию своих сыновей, когда он к болезни сердечной супругов присовокуплял поругание, когда на казнь подвигался, видя сопротивление своему адскому властвованию, — тогда закон, стрегущий гражданина, был в отдаленности, и власть его тогда была неощутительна; тогда возрождался закон природы, и власть обиженного гражданина, неотъемлемая законом положительным в обиде его, приходила в действительность; и крестьяне, убившие зверского асессора, в законе обвинения не имеют. Сердце мое их оправдает, опираяся на доводах рассудка, и смерть асессора, хотя насильственная, есть правильна. Да не возмнит кто-либо искать в благоразумии политики, в общественной тишине довода к осуждению на казнь убийцев в злобе дух испустившего асессора. Гражданин, в каком бы состоянии небо родиться ему ни сулило, есть и пребудет всегда человек; а доколе он человек, право природы, яко обильный источник благ, в нем не иссякнет никогда; и тот, кто дерзнет его уязвить в его природной и ненарушимой собственности, тот есть преступник. Горе ему, если закон гражданский его не накажет. Он замечен будет чертою мерзения в своих согражданах, и всяк, имеяй довольно сил, да отмстит на нем обиду, им соделанную. — Умолк. Наместник не говорил мне ни слова; изредка подымал на меня поникшие взоры, где господствовала ярость бессилия и мести злоба. Все молчали в ожидании, что, оскорбитель всех прав, я взят буду под стражу. Изредка из уст раболепия слышалося журчание негодования. Все отвращали от меня свои очи. Казалося, что близстоящих меня объял ужас. Неприметно удалились они, как от зараженного смертоносною язвою. Наскучив зрелищем толикого смешения гордыни с нижайшею подлостию, я удалился из сего собрания льстецов.

Не нашед способов спасти невинных убийц, в сердце моем оправданных, я не хотел быть ни сообщником в их казни, ниже оной свидетелем; подал прошение об отставке и, получив ее, еду теперь оплакивать плачевную судьбу крестьянского состояния и услаждать мою скуку обхождением с друзьями. — Сказав сие, мы расстались и поехали всяк в свою сторону.

Сей день путешествие мое было неудачно; лошади были худы, выпрягались поминутно; наконец, спускаясь с небольшой горы, ось у кибитки переломилась, и я далее ехать не мог. — Пешком ходить мне в привычку. Взяв посошок, отправился я вперед к почтовому стану. Но прогулка по большой дороге не очень приятна для петербургского жителя, не похожа на гулянье в Летнем саду или в Баба, скоро она меня утомила, и я принужден был сесть.

Между тем как я, сидя на камне, чертил на песке фигуры кой-какие, нередко кривобокие и кривоугольные, думал я и то и сё, скачет мимо меня коляска. Сидящий в ней, увидев меня, велел остановиться, — и я в нем узнал моего знакомого. — Что ты делаешь? — сказал он мне. — Думу думаю. Времени довольно мне на размышление: ось переломилась. Что нового? — Старая дрянь. Погода по ветру, то слякоть, то вёдро. А!.. Вот новенькое, Дурындин женился. — Неправда. Ему уже лет с восемьдесят. — Точно так. Да вот к тебе письмо... Читай на досуге; а мне нужно поспешать. Прости, — и расстались.

Письмо было от моего приятеля. Охотник до всяких новостей, он обещал меня в отсутствии снабжать оными и сдержал слово. Между тем к кибитке моей подделали новую ось, которая, по счастию, была в запасе. — Едучи, я читал.

Петербург.

Любезный мой!

На сих днях совершился здесь брак между 78-летним молодцом и 62-летней молодкою. Причину толь престарелому спарению отгадать тебе трудненько, если оной не скажу. Распусти уши, мой друг, и услышишь. Госпожа Ш... — витязь в своем роде не последний, 62 лет, вдова с 25-летнего своего возраста. Была замужем за купцом, неудачно торговавшим; лицом смазлива; оставшись после мужа бедною сиротою и ведая о жестокосердии собратий своего мужа, не захотела прибегнуть к прошению надменной милостыни, но за благо рассудила кормиться своими трудами. Доколе красота юности вводилась на ее лице, во всегдашней была работе и щедрую получала от охотников плату. Но сколь скоро приметила, что красота ее начинала увядать и любовные заботы уступили место скучливому одиночеству, то взялась она за ум и, не находя больше покупщиков на обветшалые свои прелести, начала торговать чужими, которые, если не всегда имели достоинство красоты, имели хотя достоинство новости. Сим способом наживъ себе несколько тысяч, она с честью изъялась из презрительного общества сводень и начала в рост отдавать деньги, своим и чужим бесстыдством нажитые. По времени забыто прежнее ее ремесло, и бывшая сводня стала нужная в обществе мотов тварь. Прожив покойно до 62 лет, нелегкое надоумило ее собраться замуж. Все знакомые тому дивятся. Приятельница ее ближняя Н... приехала к ней. — Слух носится, душа моя, — говорит она поседелой невесте, — что ты собралась замуж. Мне кажется, солгано. Какой-нибудь насмешник выдумал сию басню.

Ш. Правда совершенная. Завтра сговор, приезжай пировать с нами.

Н. Ты с ума сошла. Неужели старая кровь разыгралась? неужели какой молокосос подбился к тебе под крылышко?

Ш. Ах, матка моя! не кстати ты меня наравне с молодыми считаешь ветреницами. Я мужа беру по себе...

Н. Да то я знаю, что придет по тебе. Но вспомни, что уже нас любить нельзя и не для чего, разве для денег.

Ш. Я такого не возьму, который бы мне мог изменить. Жених мой меня старее 16 годами.

Н. Ты шутишь!

Ш. По чести правда; барон Дурындин.

Н. Нельзя этому статься.

Ш. Приезжай завтра ввечеру: ты увидишь, что лгать не люблю.

Н. А хотя и так, ведь он не на твоих деньгах.

Ш. А кто ему их даст? Я в первую ночь так не обезумею, чтобы ему отдать всё мое имение; уже то время давно прошло. Табакерочка золотая, пряжки серебряные и другая дрянь, оставшаяся у меня в закладе, которой с рук нельзя сбыть. Вот весь барыш любезного моего женишка. А если он неугомонно спит, то сгоню с постели.

Н. Ему хоть табакерочка перепадет, а тебе в нем что проку?

Ш. Как, матка? сверх того, что в нынешние времена не худо иметь хороший чин, что меня называть будут: ваше высокородие, а кто глупее — ваше превосходительство, но будет таки кто-нибудь, с кем в долгие зимние вечера можно хоть поиграть в бирюльки. А ныне сиди, сиди, всё одна; да и того удовольствия не имею, когда чхну, чтоб кто говорил: здравствуй. А муж будет свой, то какой бы насморк ни был, всё слышать буду: здравствуй, мой свет, здравствуй, моя душенька...

Н. Прости, матушка.

Ш. Завтра сговор, а через неделю свадьба.

Н. (*Уходит.*)

Ш. (*Чхает.*) — Небось не воротится. То ли дело, как муж свой будет!

Не дивись, мой друг! на свете всё колесом вертится. Сегодня умное, завтра глупое в моде. Надеюсь, что и ты много увидишь дурындиных. Если не женитьбою всегда они отличаются, то другим чем-либо. А без дурындиных свет не простоял бы трех дней.

КРЕСТЬЦЫ

В Крестьцах был я свидетелем расстания у отца с детьми, которое меня тем чувствительнее тронуло, что я сам отец и скоро, может быть, с детьми расставаться буду. Несчастный предрассудок дворянского звания велит им идти в службу. Одно название сие приводит всю кровь в необычайное движение! Тысячу против одного держать можно, что из ста дворянчиков, вступающих в службу, 98 становятся повесами, а два под старость или, правильнее сказать, два в дряхлые их, хотя нестарые, лета становятся добрыми людьми. Прочие происходят в чины, расточают или наживают имение и проч. ...Смотря иногда на большого моего сына и размышляя, что он скоро войдет в службу, или, другими сказать словами, что птичка вылетит из клетки, у меня волосы дыбом становятся. Не для того, чтобы служба сама по себе развращала нравы; но для того, чтобы со зрелыми нравами надлежало начинать службу. — Иной скажет: а кто таких молокососов толкает в шею? — Кто? Пример общий. Штаб-офицер семнадцати лет; полковник двадцатилетний; генерал двадцатилетний; камергер, сенатор, наместник, начальник войск. И какому отцу не захочется, чтобы дети его, хотя в малолетстве, были в знатных чинах, за которыми идут вслед богатство, честь и разум. — Смотря на сына моего, представляется мне: он начал служить, познакомился с вертопрахами, распутными, игроками, щеголями. Выучился чистенько наряжаться, играть в карты, картами доставать прокормление, говорить обо всем ничего не мысля, таскаться по девкам или врать чепуху барыням. Каким-то образом фортуна, вертясь на курьей ножке, приголубила его; и сынок мой, не брея еще бороды, стал знатным боярином. Возмечтал он о себе, что умнее всех на свете. Чего доброго ожидать от такого полководца или градоначальника? — Скажи по истине, отец чадолюбивый, скажи, о истинный гражданин! не захочется ли тебе сынка твоего лучше удавить, нежели отпустить в службу? Не больно ли сердцу твоему, что сынок твой, знатный боярин, презирает заслуги и достоинства, для того, что их участь пресмыкаться в стезе чинов, пронырства гнушаяся? Не возрыдаешь ли ты, что сынок твой любезный с приятною улыбкою отнимать будет имение, честь, отравлять и резать людей, не своими всегда боярскими руками, но посредством лап своих любимцев.

Крестицкий дворянин, казалося мне, был лет пятидесяти. Редкие седины едва пробивались сквозь светло-русые власы главы его. Правильные черты лица его знаменовали души его спокойствие, страстям неприступное. Нежная улыбка безмятежного удовольствия, незлобием рождаемого, изрыла ланиты его ямками, в женщинах столь прельщающими; взоры его, когда я вошел в ту комнату, где он сидел, были устремлены на двух его сыновей. Очи его, очи благорастворенного рассудка, казалися подернуты легкою пленою печали; но искры твердости и упования пролетали оную быстротечно. Пред ним стояли два юноши, возраста почти равного, единым годом во времени рождения, но не в шествии разума и сердца они разнствовали между собою. Ибо горячность родителя ускоряла во младшем разверждение ума, а любовь братня умеряла успех в науках во старшем. Понятия о вещах были в них равные, правила жизни знали они равно, но остроту разума и движения сердца природа в них насадила различно. В старшем взоры были тверды, черты лица незыбки, являли начатки души неробкой и непоколебимости в предприятиях. Взоры младшего были остры, черты лица шатки и непостоянны. Но плавное движение оных неомманчивые был знак благих советов отчих. — На отца своего взирали они с несвойственною им робостию, от горести предстоящей разлуки происходящею, а не от чувствования над собою власти или начальства. — Редкие капли слез точилися из очей. — Друзья мои, — сказал отец, — сегодня мы расстанемся, — и, обняв их, прижал возрыдавших к перси своей. — Я уже несколько минут был свидетелем сего зрелища, стоя у дверей неподвижен, как отец, обратясь ко мне: — Будь свидетелем, чувствительный путешественник, будь свидетелем мне пред светом, сколь тяжело сердцу моему исполнять державную волю обычая. Я, отлучая детей моих от бдящего родительского ока, единственное к тому имею побуждение, да приобретут опытности, да познают человека из его деяний и, наскучив гремлением мирского жития, да оставят его с радостию; но да имут отишие в гонении и хлеб насущный в скудости. А для сего-то остаюся я на ниве моей. Не даждь, владыко всещедрый, не даждь им скитатися за милостынею вельмож и обретати в них утешители! Да будет соболезнуяй о них их сердце; да будет им творяй благостыню их рассудок. Воссядите и внемлите моему слову, еже пребывати во внутренности душ ваших долженствует. — Еще повторю вам: сегодня мы разлучимся. — С неизреченным услаждением зрю слезы ваши, орошающие ланиты вашего лица. Да отнесет сие

60

души вашей зыбление совет мой во святая ее, да восколеблется она при моем воспоминании и да буду отсутствен оградою вам от зол и печалей.

Приняв вас даже от чрева матеря в объятия мои, не восхотел николи, чтобы кто-либо был рачителем в исполнениях, до вас касающихся. Никогда наемная рачительница не касалася телеси вашего и никогда наемный наставник не коснулся вашего сердца и разума. Неусыпное око моея горячности бдело над вами денно-нощно, да не приближится вас оскорбление; и блажен нарицаюся, доведши вас до разлучения со мною. Но не воображайте себе, чтобы я хотел исторгнуть из уст ваших благодарность за мое о вас попечение или же признание, хотя слабое, ради вас мною соделанного. Вождаем собственныя корысти побуждением, предприемлемое на вашу пользу имело всегда в виду собственное мое услаждение. Итак изжените из мыслей ваших, что вы есте под властию моею. Вы мне ничем не обязаны. Не в рассудке, а меньше еще в законе хощу искати твердости союза нашего. Он оснуется на вашем сердце. Горе вам, если его в забвении оставите! Образ мой, преследуя нарушителю союза нашея дружбы, поженет его в сокровенности его и устроит ему казнь несносную, дондеже не возвратится к союзу. Еще вещаю вам: вы мне ничем не должны. Воззрите на меня, яко на странника и пришельца, и если сердце ваше ко мне ощутит некую нежную наклонность, то поживем в дружбе, в сем наивеличайшем на земли благоденствии. Если же оно без ощущения пребудет — да забвени будем друг друга, яко же нам не родится. Даждь, всещедрый, сего да не узрю, отошед в недра твоя сие предваряяй! Не должны вы мне ни за воскормление, ни за наставление, а меньше всего за рождение. — За рождение? — Участники были ли вы в нем? Вопрошаемы были ли, да рождени будете? На пользу ли вашу родитися имели или во вред? Известен ли отец и мать, рождая сына своего, блажен будет в житии или злополучен? Кто скажет, что, вступая в супружество, помышлял о наследии и потомках; а если имел сие намерение, то блаженства ли их ради произвести их желал, или же на сохранение своего имени? Как желать добра тому, кого не знаю, и что сие? Добром назваться может ли желание неопределенное, помаваемое неизвестностию? — Побуждение к супружеству покажет и вину рождения. Прельщенный душевною паче добротою матери вашея, нежели лепотою лица, я употребил способ верный на взаимную горячность, любовь искреннюю. Я получил мать вашу себе в супруги. Но какое было побуждение вашей любви? Взаимное услаждение; услаждение плоти и духа. Вкушая веселие, природой повеленное, о вас мы не мыслили. Рождение ваше нам было приятно, но не для вас. Произведение самого себя льстило тщеславию, рождение ваше было новый и чувственный, так сказать, союз, союз сердец подтверждающий. Он есть источник начальной горячности родителей к сынам своим; подкрепляется он привычкою, ощущением своея власти, отражением похвал сыновних отцу. — Мать ваша равного со мною была мнения о ничтожности должностей ваших, от рождения проистекающих. Не гордилася она пред вами, что носила вас во чреве своем, не требовала признательности, питая вас своею кровию; не хотела почтения за болезни рождения, ни за скуку воскормления сосцами своими. Она тщилася благую вам дать душу, яко же и сама имела, и в ней хотела насадить дружбу, но не обязанность, не должность или рабское повиновение. Не допустил ее рок зрети плодов ее насаждений. Она нас оставила с твердостию хотя духа, но кончины еще не желала, зря ваше младенчество и мою горячность. Уподобляяся ей, мы совсем ее не потеряем. Она поживет с нами, доколе к ней не отыдем. Ведаете, что любезнейшая моя с вами беседа есть беседовати о родшей вас. Тогда, мнится, душа ее беседует с нами, тогда становится она нам присутственна, тогда в нас является, тогда она еще жива. — И отирал вещающий капли задержанных в душе слез.

— Сколь мало обязаны вы мне за рождение, толико же обязаны и за воскормление. Когда я угощаю пришельца, когда питаю птенцов пернатых, когда даю пищу псу, лижущему мою десницу — их ли ради сие делаю? — Отраду, увеселение или пользу в том нахожу мою собственную. С таковым же побуждением производят воскормление детей. Родившиеся в свет, вы стали граждане общества, в коем живете. Мой был долг вас воскормить; ибо, если бы допустил до вас кончину безвременную, был бы убийца. Если я рачительнее был в воскормлении вашем, нежели бывают многие, то следовал чувствованию моего сердца. Власть моя, да пекуся о воскормлении вашем или небрегу о нем; да сохраню дни ваши или расточителем в них буду; оставлю вас живых или дам умрети завременно, — есть ясное доказательство, что вы мне не обязаны в том, что живы. Если бы умерли от моего о вас небрежения, как то многие умирают, мщение закона меня бы не преследовало. — Но, скажут, обязаны вы мне за учение и наставление. — Не моей ли я в том искал пользы, да благи будете. Похвалы, воздаваемые доброму вашему поведению, рассудку, знаниям, искусству вашему, распростираяся на вас, отражаются на меня, яко лучи солнечны от зеркала. Хваля вас, меня хвалят. Что успел бы я, если бы вы вдалися пороку, чужды были учения, тупы в рассуждениях, злобны, подлы, чувствительности не имея? Не только сострадатель был бы я в вашем косвенном хождении, но жертва, может быть, вашего неистовства. Но ныне спокоен остаюся, отлучая вас от себя; разум прям, сердце ваше крепко, и я живу в нем. О друзья мои, сыны моего сердца! родив вас, многие имел я должности в отношении к вам, но вы мне ничем не должны; я ищу вашей дружбы и любови; если вы мне ее дадите, блажен отыду к началу жизни и не возмущуся при кончине, оставляя вас навеки, ибо поживу на памяти вашей.

Но если я исполнил должность мою в воспитании вашем, обязан сказати ныне вам вину, почто вас так, а не иначе воспитывал и для чего сему, а не другому вас научил; и для того услышите повесть о воспитании вашем и познайте вину всех моих над вами деяний.

Со младенчества вашего принуждения вы не чувствовали. Хотя в деяниях ваших вождаемы были рукою моею, не ощущали, однако же, николи ее направления. Деяния ваши были предузнаты и предваряемы; не хотел я, чтобы робость или послушание повиновения малейшего чертою ознаменовала на вас тяжесть своего перста. И для того дух ваш, нетерпящ веления безрассудного, кроток к совету дружества. Но если, младенцам вам сущим, находил я, что уклонилися от пути, мною назначенного, устремляемы случайным ударением, тогда остановлял я ваше шествие или, лучше сказать, неприметно вводил в прежний путь, яко поток, оплоты прорывающий, искусною рукою обращается в свои берега.

Робкая нежность не присутствовала во мне, когда, казалося, не рачил об охранении вас от неприязненности стихий и погоды. Желал лучшего, чтобы на мгновение тело ваше оскорбилося преходящею болью, нежели дебелы пребудете в возрасте совершенном! И для того почасту ходили вы босы, непокровенную имея главу; в пыли, в грязи возлежали на отдохновении на скамии или на камени. Не меньше старался я удалить вас от убийственной пищи и пития. Труды ваши лучшая была приправа в обеде нашем. Воспомните, с каким удовольствием обедали мы в деревне, нам неизвестной, не нашед дороги к дому. Сколь вкусен нам казался тогда хлеб ржаной и квас деревенский!

Не ропщите на меня, если будете иногда осмеяны, что не имеете казистого восшествия, что стоите, как телу вашему покойнее, а не как обычай или мода велит; что одевается не со вкусом, что волосы ваши кудрятся рукою природы, а не чесателя. Не ропщите, если будете небрежны в собраниях, а особливо от женщин, для того что не умеете хвалить их красоту; но вспомните, что вы бегаете быстро, что плаваете не утомляяся, что подымаете тяжести без натуги, что умеете водить соху, ископать гряду, владеете косой и топором, стругом и долотом; умеете вездить верхом, стрелять. Не опечальтесь, что вы скакать не умеете как скоморохи. Ведайте, что лучшее плясание ничего не представляет величественного; и если некогда тронуты будете зрением оного, то любострастие будет тому корень, всё же другое оному посторонне. — Но вы умеете изображать животных и неодушевленных, изображать черты царя природы, человека. В живописи найдете вы истинное услаждение не токмо чувств, но и разума. — Я вас научил музыке, дабы дрожащая струна согласно вашим нервам возбуждала дремлющее сердце; ибо музыка, приводя внутренность в движение, делает мягкосердие в нас привычкою. — Научил я вас и варварскому искусству сражаться мечем. Но сие искусство да пребудет в вас мертво, доколе собственная сохранность того не востребует. Оно, уповаю, не сделает вас наглыми; ибо вы твердый имеете дух и обидою не сочтете, если осел вас улягнет или свинья смрадным до вас коснется рылом. — Не бойтесь сказать никому, что вы корову доить умеете, что шти и кашу сварите или зажаренный вами кусок мяса будет вкусен. Тот, кто сам умеет что сделать, умеет заставить сделать и будет на погрешности снисходителен, зная всё в исполнении трудности.

Во младенчестве и отрочестве не отягощал я рассудка вашего готовыми размышлениями или мыслями чуждыми, не отягощал памяти вашей излишними предметами. Но, предложив вам пути к познаниям, с тех пор как начали разума своего ощущати силы, сами шествуете к отверстой вам стезе. Познания ваши тем основательнее, что вы их приобрели не твердя, как то говорят по пословице, как сорока Якова. Следуя сему правилу, доколе силы разума не были в вас действующи, не предлагал я вам понятия о всевышнем существе и еще менее об откровении. Ибо то, что бы вы познали прежде, нежели были разумны, было бы в вас предрассудок и рассуждению бы мешало. Когда же я узрел, что вы в суждениях ваших вождаетесь рассудком, то предложил вам связь понятий, ведущих к познанию Бога; уверен во внутренности сердца моего, что всещедрому отцу приятнее зрети две непорочные души, в коих светильник познаний не предрассудком возжигается, но что они сами возносятся к начальному огню на возгорание. Предложил я вам тогда и о законе откровенном, не сокрывая от вас всё то, что в опровержение оного сказано многими. Ибо желал, чтобы вы могли сами избирать между млеком и желчию, и с радостию видел, что восприяли вы сосуд утешения неробко.

Преподавая вам сведения о науках, не оставил я ознакомить вас с различными народами, изучив вас языкам иностранным. Но прежде всего попечение мое было, да познаете ваш собственный, да умеете на оном изъяснять ваши мысли словесно и письменно, чтобы изъяснение сие было в вас непринужденно и потому на лице не производило. Аглинский язык, а потом латинский, старался я вам известнее сделать других. Ибо упругость духа вольности, переходя в изображение речи, приучит и разум к твердым понятиям, столь во всяких правлениях нужным.

Но, если рассудку вашему предоставлял я направлять стопы ваши в стезях науки, тем бдительнее тщился быть во нравственности вашей. Старался умерять в вас гнев мгновения, подвергая рассудку гнев продолжительный, мщение производящий. Мщение!.. душа ваша мерзит его. Вы из природного сего чувствительныя твари движения оставили только оберегательность своего сложения, поправ желание возвращать уязвления.

Ныне настало то время, что чувствы ваши, дошед до совершенства возбуждения, но не до совершенства еще понятия о возбуждаемом, начинают тревожиться всякою внешностию и опасную производить зыбь во внутренности вашей. Ныне достигли времени, в которое, как то говорят, рассудок становится определителем делания и неделания, а лучше сказать, когда чувства, доселе одержимые плавностию младенчества, начинают ощущать дрожание, или когда жизненные соки, исполнив сосуд юности, превышать начинают его воскраия, ища стезю свойственным для них стремлениям. Я сохранил вас неприступными доселе превратным чувств потрясениям, но не сокрыл от вас неведения покровом пагубных следствий совращения от пути умеренности в чувственном услаждении. Вы свидетели были, сколь гнусно избыточество чувственного насыщения, и возгнушалися; свидетели были страшного волнения страстей, превысивших брега своего естественного течения, познали гибельные их опустошения и ужаснулися. Опытность моя, нося́ся над вами, яко новый Егид, охраняла вас от неправильных уязвлений. Ныне будете сами себе вожди, и хотя советы мои будут всегда светильником ваших начинаний, ибо сердце и душа ваша мне отверсты, но яко свет, отдаляяся от предмета, менее его освещает, тако и вы, отриновенны моего присутствия, слабое ощутите согрение моея дружбы. И для того преподам вам правила единожития и общежития, дабы по усмирении страстей не возгнушалися деяний, во оных свершенных, и не познали, что есть раскаяние.

Правила единожития, елико то касаться может до вас самих, должны относиться к телесности вашей и нравственности. Не забывайте никогда употреблять ваших телесных сил и чувств. Упражнение оных умеренное укрепит их не истощевая и послужит ко здравию вашему и долгой жизни. И для того упражняйтеся в искусствах, художествах и ремеслах, вам известных. Совершенствование в оных иногда может быть нужно. Неизвестно нам грядущее. Если неприязненное счастие отымет у вас всё, что оно вам дало, — богаты пребудете во умеренности желаний, кормяся делом рук ваших. Но если во дни блаженства всё небрежете, поздо о том думать во дни печали. Нега, изленение и неумеренное чувств услаждение губят и тело и дух. Ибо изнуряяй тело невоздержностию изнуряет и крепость духа. Употребление же сил укрепит тело, а с ним и дух. Если почувствуешь отвращение к яствам и болезнь постучится у дверей, воспряни тогда от одра твоего, на нем же лелеешь чувства твои, приведи уснувшие члены твои в действие упражнением и почувствуешь мгновенное сил обновление; воздержи себя от пищи, нужной во здравии, и глад сделает пищу твою сладкою, огорчавшую от сытости. Помните всегда, что на утоление глада нужен только кусок хлеба и ковш воды. Если благодетельное лишение внешних чувствований, сон, удалится от твоего возглавия и не возможешь возобновить сил разумных и телесных, — беги из чертогов твоих и, утомив члены до усталости, возляги на одре твоем и почнешь во здравии.

Будьте опрятны в одежде вашей; тело содержите в чистоте, ибо чистота служит ко здравию, а неопрятность и смрадность тела нередко отверзают неприметную стезю к гнусным порокам. Но не будьте и в сем неумеренны. Не гнушайтесь пособить, поднимая погрязшую во рве телегу, и тем облегчить упадшего; вымараете руки, ноги и тело, но просветите сердце. Ходите в хижины уничижения; утешайте томящегося нищетою; вкусите его брашна, и сердце ваше усладится, дав отраду скорбящему.

Ныне достигли вы, повторю, того страшного времени и часа, когда страсти пробуждаться начинают, но рассудок слаб еще на их обуздание. Ибо чаша рассудка без опытности на весах воли воздымется, а чаша страстей опустится мгновенно долу. И так к равновесию не иначе приближиться можно, как трудолюбием. Трудитеся телом; страсти ваши не столь сильное будут иметь волнение; трудитеся сердцем, упражняяся в мягкосердии, чувствительности, соболезновании, щедроте, отпущении, и страсти ваши направятся ко благому концу. Трудитеся разумом, упражняяся в чтении, размышлении, разыскании истины или происшествий, и разум управлять будет вашею волею и страстьми. Но не возмните в восторге рассудка, что можете сокрушить корени страстей, что нужно быть совсем бесстрастну. Корень страстей благ и основан на вашей чувствительности самою природою. Когда чувствы ваши, внешние и внутренние, ослабевают и притупляются, тогда ослабевают и страсти. Они благую в человеке производят тревогу, без нее же уснул бы он в бездействии. Совершенно бесстрастный человек есть глупец и истукан нелепый, невозмогаяй ни благого, ни злого. Не достоинство есть воздержатися от худых помыслов, не могши их сотворить. Безрукий не может уязвить никого; но не может подать помощи утопающему, ни удержати на бреге падающего в пучину моря. — Итак, умеренность во страсти есть благо; шествие во стезе средою есть надежно. Чрезвычайность во страсти есть гибель; бесстрастие есть нравственная смерть. Яко же шественник, отдаляяся среды стези, вдается опасности ввергнутися в тот или другой ров, таковы бывает шествие во нравственности. Но буде страсти наше опытностию, рассудком и сердцем направлены к концу благому, скинь с них бразды томного благоразумия, не сокращай их полета; мета их будет всегда величие; на нем едином остановиться они умеют.

Но если я вас побуждаю не быть бесстрастными, паче всего потребна в юности вашей умеренность любовныя страсти. Она природою насаждена в сердце нашем ко блаженству нашему. И так в возрождении своем никогда ошибиться не может, но в своем предмете и неумеренности. И так блюдитеся, да не ошибетеся в предмете любви вашей и да не почтете взаимною горячностию оныя образ. С благим же предметом любви неумеренность страсти сия будет вам неизвестна. Говоря о любви, естественно бы было говорить и о супружестве, о сем священном союзе общества, коего правила не природа в сердце начертала, но святость коего из начального общества положения проистекает. Разуму вашему, едва шествие свое начинающему, сие бы было непонятно, а сердцу вашему, не испытавшему самолюбивую в обществе страсть любви, повесть о сем была бы вам неощутительна, а потому и бесполезна. Если желаете о супружестве иметь понятие, воспомните о родшей вас. Представьте меня с нею и с вами, возобновите слуху вашему глаголы наши и взаимные лобызания и приложите картину сию к сердцу вашему. Тогда почувствуете в нем приятное некое содрогание. Что оно есть? Познаете со временем; а днесь довольны будьте оного ощущением.

Приступим ныне вкратце к правилам общежития. Предписать их не можно с точностию, ибо располагаются они часто по обстоятельствам мгновения. Но, дабы, колико возможно, менее ошибаться, при всяком начинании вопросите ваше сердце; оно есть благо и николи обмануть вас не может. Что вещает оно, то и творите. Следуя сердцу в юности, не ошибетеся, если сердце имеете благое. Но следовати возмнивый рассудку, не имея на браде власов, опытность возвещающих, есть безумец.

Правила общежития относятся ко исполнению обычаев и нравов народных, или ко исполнению закона, или ко исполнению добродетели. Если в обществе нравы и обычаи не противны закону, если закон не полагает добродетели преткновений в ее шествии, то исполнение правил общежития есть легко. Но где таково общество существует? Все известные нам многими наполнены во нравах и обычаях, законах и добродетелях противоречиями. И оттого трудно становится исполнение должности человека и гражданина, ибо нередко они находятся в совершенной противуположности.

Понеже добродетель есть вершина деяний человеческих, то исполнение ее ничем не долженствует быть препинаемо. Небреги обычаев и нравов, небреги закона гражданского и священного, столь святыя в обществе вещи, буде исполнение оных отлучает тебя от добродетели. Не дерзай николи нарушения ее прикрывати робостию благоразумия. Благоденствен без нее будешь во внешности, но блажен николи.

Последуя тому, что налагают на нас обычаи и нравы, мы приобретем благоприятство тех, с кем живем. Исполняя предписание закона, можем приобрести название честного человека. Исполняя же добродетель, приобретем общую доверенность, почтение и удивление, даже и в тех, кто бы не желал их ощущать в душе своей. Коварный афинский сенат, подавая чашу с отравою Сократу, трепетал во внутренности своей пред его добродетелью.

Не дерзай никогда исполнять обычая в предосуждение закона. Закон, каков ни худ, есть связь общества. И, если бы сам государь велел тебе нарушить закон, не повинуйся ему, ибо он заблуждает себе и обществу во вред. Да уничтожит закон, яко же нарушение оного повелевает; тогда повинуйся, ибо в России государь есть источник законов.

Но, если бы закон, или государь, или бы какая-либо за земле власть, подвизала тебя на неправду и нарушение добродетели, пребудь в оной неколебим. Не бойся ни осмеяния, ни мучения, ни болезни, ни заточения, ниже самой смерти. Пребудь незыблем в душе твоей, яко камень среди бунтующих, но немощных валов. Ярость мучителей твоих раздробится о твердь твою; и, если предадут тебя смерти, осмеяны будут, а ты поживешь на памяти благородных душ до скончания веков. Убойся заранее именовать благоразумием слабость в деяниях, сего первого добродетеля врага. Сегодня нарушишь ее уважения ради какового, завтра нарушение ее казаться будет самою добродетелию; и так порок воцарится в сердце твоем и исказит черты непорочности в душе и на лице твоем.

Добродетели суть или частные, или общественные. Побуждения к первым суть всегда мягкосердие, кротость, соболезнование, и корень всегда их благ. Побуждения к добродетелям общественным нередко имеют начало свое в тщеславии и любочестии. Но для того не надлежит останавливаться в исполнении их. Предлог, над ним же вращаются, придает им важности. В спасшем Курции отечество свое от пагубоносныя язвы никто не зрит ни тщеславного, ни отчаянного или наскучившего жизнию, но ироя. Если же побуждения наши к общественным добродетелям начало свое имеют в человеколюбивой твердости души, тогда блеск их будет гораздо больший. Упражняйтеся всегда в частных добродетелях, дабы могли удостоиться исполнения общественных.

Еще преподам вам некоторые исполнительные правила жизни. Старайтеся паче всего во всех деяниях ваших заслужить собственное свое почтение, дабы, обращая во уединении взоры свои вовнутрь себя, не токмо не могли бы вы раскаяваться о сделанном, но взирали бы на себя со благоговением.

Следуя сему правилу, удаляйтеся, елико то возможно, даже вида раболепствования. Вошед в свет, узнаете скоро, что в обществе существует обычай посещать в праздничные дни по утрам знатных особ; обычай скаредный, ничего не значащий, показующий в посетителях дух робости, а в посещаемом дух надменности и слабый рассудок. У римлян было похожее сему обыкновение, которое они называли амбицио, то есть снискание или обхождение; а оттуда и любочестие названо амбицио, ибо посещениями именитых людей юноши снискали себе путь к чинам и достоинствам. То же делается и ныне. Но если у римлян обычай сей введен для того, чтобы молодые люди обхождениям с испытанными научалися, то сомневаюсь, чтобы цель в обычае сем всегда непорочна сохранилася. В наши же времена, посещая знатных господ, учения целию своею никто не имеет, но снискание их благоприятства. Итак, да не преступит нога ваша порога, отделяющего раболепство от исполнения должности. Не посещай николи передней знатного боярина, разве по долгу звания твоего. Тогда среди толпы презренной и тот, на кого она взирает с подобострастием, в душе своей тебя, хотя с негодованием, но от нее отличит.

Если случится, что смерть пресечет дни мои прежде, нежели в благом пути отвердеете, и, юны еще, восхитят вас страсти из стези рассудка, — то не отчаевайтеся, соглядая иногда превратное ваше шествие. В заблуждении вашем, в забвении самих себя возлюбите добро. Распутное житие, безмерное любочестие, наглость и все пороки юности оставляют надежду исправления, ибо скользят по поверхности сердца, его не уязвляя. Я лучше желаю, чтобы во младых летах ваших вы были распутны, расточительны, наглы, нежели сребролюбивы или же чрезмерно бережливы, щеголеваты, занимаяся более убранством, нежели чем другим. Систематическое, так сказать, расположение в щегольстве означает всегда сжатый рассудок. Если повествуют, что Юлий Кесарь был щеголь, но щегольство его имело цель. Страсть к женщинам в юности его была к сему побуждением. Но он из щеголя облекся бы мгновенно во смраднейшее рубище, если бы то способствовало к достижению его желаний.

Во младом человеке не токмо щегольство преходящее простительно, но и всякое почти дурачество. Если же наикраснейшими деяниями жизни прикрывать будете коварство, ложь, вероломство, сребролюбие, гордость, любомщение, зверство, — то хотя ослепите современников ваших блеском ясной наружности, хотя не найдете никого столь любящего вас, да представит вам зеркало истины, не мните, однако же, затмить взоры прозорливости. — Проникнет она светозарную ризу коварства, и добродетель черноту души вашей обнажит. Возненавидит ее сердце твое, и яко чувственница увядят станет прикосновением твоим, но мгновенно, но стрелы ее издалека язвить тебя станут и терзать.

Простите, возлюбленные мои, простите, друзья души моей; днесь при сопутном ветре отчальте от брега чуждыя опытности ладью вашу; стремитеся по валам жития человеческого, да научитеся управляти сами собою. Блажени, не претерпев крушения, если достигнете пристанища, его же жаждем. Будьте счастливы во плавании вашем. Се искренное мое желание. Естественные силы мои, истощав движением и жизнию, изнемогут и угаснут; оставлю вас навеки; но се мое вам завещание. Если ненавистное счастие истощит над тобою все стрелы свои, если добродетели твоей убежища на земли не останется, если, доведенну до крайности, не будет тебе покрова от угнетения, — тогда воспомни, что ты человек, воспомяни величество твое, восхити венец блаженства, его же отъяти у тебя тщатся. — Умри. — В наследие вам оставляю слово умирающего Катона. — Но если во добродетели умрети возможешь, умей умреть и в пороке и будь, так сказать, добродетелен в самом зле. — Если, забыв мои наставления, поспешать будешь на злые дела, обыкшая душа добродетели востревожится; явлюся тебе в мечте. — Воспряни от ложа твоего, преследуй душевно моему видению. — Если тогда источится слеза из очей твоих, то усни паки; пробудишься на исправление. Но если среди злых твоих начинаний, воспоминая обо мне, душа твоя не зыбнется и око пребудет сухо... Се сталь, ее отрава. — Избавь меня скорби; избавь землю поносныя тяжести. — Будь мой еще сын. — Умри на добродетель.

Вещавшу сие старцу, юношеский румянец покрыл сморщенные ланиты его; взоры его испускали лучи надежного радования, черты лица сияли сверхъестественным веществом. — Он облобызал детей своих и, проводив их до повозки, пребыл тверд до последнего расстания. Но едва звон почтового колокольчика возвестил ему, что они начали от него удаляться, упругая сия душа смягчилася. Слезы проникли сквозь очей его, грудь его воздымалася; он руки свои простирал вслед за отъезжающими; казалося, будто желает остановить стремление коней. Юноши, узрев издали родшего их в такой печали, возрыдали столь громко, что ветр доносил жалостный их стон до слуха нашего.

Они простирали также руки к отцу своему; и казалось, будто его к себе звали. Не мог старец снести сего зрелища; силы его ослабели, и он упал в мои объятия. Между тем пригорок скрыл отъехавших юношей от взоров наших; пришед в себя, старец стал на колени и возвел руки и взоры на небо. — Господи, — возопил он, — молю тебя, да укрепишь их в стезях добродетели, молю, блажени да будут. Веси, николи не утруждал тебя, отец всещедрый, бесполезною молитвою. Уверен в душе моей, яко благ еси и правосуден. Любезнейшее тебе в нас есть добродетель; деяние чистого сердца суть наилучшая для тебя жертва... Отлучил я ныне от себя сынов моих. Господи, да будет на них воля твоя. — Смущен, но тверд в надеянии своем, отъехал он в свое жилище.

Слово крестицкого дворянина не выходило у меня из головы. Доказательства его о ничтожестве власти родителей над детьми казалися мне неоспоримы. Но если в благоучрежденном обществе нужно, чтобы юноши почитали старцев и неопытность — совершенство, то нет, кажется, нужды власть родительскую делать беспредельною. Если союз между отцом и сыном не на нежных чувствованиях сердца основан, то он, конечно, не тверд; и будет не тверд, вопреки всех законоположений. Если отец в сыне своем видит своего раба и власть свою ищет в законоположении, если сын почитает отца наследия ради, то какое благо из того обществу? Или еще один невольник вприбавок ко многим другим, или змия за пазухой... Отец обязан сына вскормить и научить и должен наказан быть за его проступки, доколе он не войдет в совершеннолетие; а сын должности свои да обрящет в своем сердце. Если он ничего не ощущает, то виновен отец, почто ничего не насадил. Сын же вправе требовати от отца вспомоществования, доколе пребывает немощен и малолетен; но в совершеннолетии естественная сия и природная связь рушится. Птенец пернатых не ищет помощи от произведших его, когда сам начнет находить пищу. Самей и самка забывают о птенцах своих, когда сии возмужают. Се есть закон природы. Если гражданские законы от него удалятся, то производят всегда урода. Ребенок любит своего отца, мать или наставника, доколе любление его не обратится ко другому предмету. Да не оскорбится сим сердце твое, отец чадолюбивый; естество того требует. Единое в том тебе утешение да будет, воспоминания, что и сын сына твоего возлюбит отца до совершенного только возраста. Тогда же от тебя зависеть будет обратить его горячность к тебе. Если ты в том успеешь, блажен и почтения достоин. — В таковых размышлениях доехал я до почтового стана.

ЯЖЕЛБИЦЫ

Сей день определен мне судьбою на испытание. Я отец, имею нежное сердце к моим детям. Для того то слово крестицкого дворянина меня столь тронуло. Но потрясши меня до внутренности, излияло некое усладительное чувствование надежды, что блаженство наше в отношении детей наших зависит много от нас самих. Но в Яжелбицах определено мне было быть зрителем позорища, которое глубокий корень печали оставило в душе моей, и нет надежды на его истребление. О юность! услыши мою повесть; познай свое заблуждение; воздержись от произвольныя гибели и пресеки путь к будущему раскаянию.

Я проезжал мимо кладбища. Необыкновенный вопль терзающего на себе власы человека понудил меня остановиться. Приближаясь, увидел я, что там совершалось погребение. Надлежало уже гроб опускать в могилу, но тот, которого я издали зрел терзающего на себе власы, повергся на гроб и, ухватясь за оный весьма крепко, не дозволял оный опускать в землю. С великим трудом отвлекли его от гроба, и, опустя оный в могилу, зарыли ее поспешно. Тут страждущий вещал к предстоящим: — Почто вы меня его лишили, почто меня с ним не погребли живого и не скончали моей скорби и раскаяния? Ведайте, ведайте, что я есмь убийца возлюбленного моего сына, его же мертва предали земле. Не дивитеся сему. Я не прекратил жизни его ни мечом, ни отравою. Нет, я более сего сделал. Я смерть его уготовил до рождения его, дав жизнь ему отравленную. Я есмь убийца, каковых много, но есмь убийца лютейший других. Убийца сына моего до рождения его. Я, я един прекратил дни его, излияв томный яд в начало его. Он воспретил укрепиться силам тела его. Во все время жития своего наслаждался он здравием ни дня единого; и томящегося в силах своих разверстие яда пресекло течение жизни. Никто, никто меня не накажет за мое злодеяние! — Отчаяние ознаменовалося на лице его, и бездыханна почти отнесли его с сего места...

Нечаянный хлад разлиялся в моих жилах. Я оцепенел. Казалося мне, я слышал мое осуждение. Воспомянул дни распутныя моея юности. Привел на память все случаи, когда востревоженная чувствами душа гонялася за их услаждением, почитая мздоимную участницу любовныя утехи истинным предметом горячности. Воспомянул, что невоздержание в любострастии навлекло телу моему смрадную болезнь. О, если бы не далее она корень свой испускала! О, если бы она с утолением любострастия прерывалася! Прияв отраву сию в веселии, не токмо согреваем ее в недрах наших, но даем ее в наследие нашему потомству. О друзья мои возлюбленные, о чада души моей! Не ведаете вы, колико согреших пред вами. Бледное ваше чело есть мое осуждение. Страшусь возвестить вам о болезни, иногда вами ощущаемой. Возненавидети, может быть, меня и в ненависти вашей будете справедливы. Кто уверит вас и меня, что вы не носите в крови вашей сокровенного жала, определенного, да скончает дни ваши безвременно? Приняв сей смрадный яд в тело мое в совершенном возрасте, затверделость моих членов противилася его распространению и борется с его смертоносностию. Но вы, прияв его от рождения вашего, нося его в себе, как нужную часть сложения, — как воспротивитесь разрушительному его сожжению? Все ваши болезни суть следствия сея отравы. О возлюбленные мои! плачьте о заблуждении моего юношества, призовите на помощь врачебное искусство и, если можете, не ненавидьте меня.

Но теперь отверзается очам моим все пространство сего любострастного злодеяния. Согрешил предо мною, навлекши себе безвременную старость и дряхлость в юношеских еще летах. Согрешил пред вами, отравив жизненные ваши соки до рождения вашего, и тем уготовил вам томное здравие и безвременную, может быть, смерть. Согрешил, и сие да будет мне в казнь, согрешил в горячности моей, взяв в супружество мать вашу. Кто мне порукою в том, что не я был причиною ее кончины? Смертоносный яд, источаяся в веселии, преселился в чистое ее тело и отравил непорочные ее члены. Тем смертоноснее он был, чем был сокровеннее. Ложная стыдливость воспретила мне ее в том предостеречь: она же не остерегалася отравителя своего в горячности своей к нему. Воспаление, ей приключившееся, есть плод, может быть, уделенной ей мною отравы... О возлюбленные мои, колико должны вы меня ненавидеть!

Но кто причиною, что сия смрадная болезнь во всех государствах делает столь великие опустошения, не токмо пожиная много настоящего поколения, но сокращая дни грядущих? Кто причиною, разве не правительство? Оно, дозволяя распутство мздоимное, отверзает не токмо путь ко многим порокам, но отравляет жизнь граждан. Публичные женщины находят защитников и в некоторых государствах состоят под покровительством начальства. Если бы, говорят некоторые, запрещено было наемное удовлетворение любовныя страсти, то бы нередко были чувствуемы сильные в обществе потрясения. Увозы, насилия, убийство нередко бы источник свой имели в любовной страсти. Могли бы они потрясти и самые основания обществ. — И вы желаете лучше тишину и с нею томление и скорбь, нежели тревогу и с нею здравие и мужество. Молчите, скаредные учители, вы есте наемники мучительства; оно, проповедуя всегда мир и тишину, заключает засыпляемых лестию в оковы. Боится оно даже посторонния тревоги. Желало бы, чтоб везде одинаково с ним мыслили, дабы надежно лелеяться в величестве и утопать в любострастии... Я не удивляюсь глаголам вашим. Сродно рабам желати всех зреть в оковах. Одинаковая участь облегчает их жребий, а превосходство чье-либо тягчит их разум и дух.

ВАЛДАИ

Новый сей городок, сказывают, населен при царе Алексее Михайловиче взятыми в плен поляками. Сей городок достопамятен в рассуждении любовного расположения его жителей, а особливо женщин незамужних.

Кто не бывал в Валдаях, кто не знает валдайских баранок и валдайских разрумяненных девок? Всякого проезжающего наглые валдайские и стыд сотрясшие девки останавливают и стараются возжигать в путешественнике любострастие, воспользоваться его щедростью на счет своего целомудрия. Сравнивая нравы жителей сея в города произведенныя деревни со нравами других российских городов, подумаешь, что она есть наидревнейшая и что развратные нравы суть единые токмо остатки ее древнего построения. Но как немного более ста лет, как она населена, то можно судить, сколько развратны были и первые ее жители.

Бани бывали и ныне бывают местом любовных торжествований. Путешественник, условясь о пребывании своем с услужливою старушкою или парнем, становится на двор, где намерен приносить жертву всеобожаемой Ладе. Настала ночь. Баня для него уже готова. Путешественник раздевается, идет в баню, где его встречает или хозяйка, если молоды, или ее дочь, или свойственницы ее, или соседки. Отирают его утомленные члены; омывают его грязь. Сие производят совлекши с себя одежды, возжигают в нем любострастный огонь, и он препровождает тут ночь, теряя деньги, здравие и драгоценное на путешествие время. Бывало, сказывают, что оплошного и отягченного любовными подвигами и вином путешественника сии любострастные чудовища предавали смерти, дабы воспользоваться его имением. Не ведаю, правда ли сие, но то правда, что наглость валдайских девок сократилася. И хотя они не откажутся и ныне удовлетворить желаниям путешественника, но прежней наглости в них не видно.

Валдайское озеро, над которым построен сей город, достопамятно останется в повествованиях жертвовавшего монаха жизнию своею ради своей любовницы. В полуторе версте от города, среди озера, на острове находится Иверский монастырь, славным Никоном-патриархом построенный. Один из монахов сего монастыря, посещая Валдаи, влюбился в дочь одного валдайского жителя. Скоро любовь их стала взаимною, скоро стремились они к совершению ее. Единожды насладившиеся ее веселием, не в силах они были противиться ее стремлению. Но состояние их полагало оному преграду. Любовнику нельзя было отлучаться часто из монастыря своего; любовнице нельзя было посещать кельи своего любовника. Но горячность их всё преодолела; из любострастного монаха она сделала неустрашимого мужа и дала ему силы почти чрезъестественные. Сей новый Леандр, дабы наслаждаться веселием ежедневно в объятиях своей любовницы, едва ночь покрывала черным покровом всё зримое, выходил тихо из своей кельи и, совлекая свои ризы, преплывал озеро до противустоящего берега, где восприемлем был в объятия своей любезной. Баня и в ней утехи любовные для него были готовы, и он забывал в них опасность и трудность преплывания, и боязнь, если бы отлучка его стала известна. За несколько часов до рассвета возвращался он в свою келью. Тако препроводил он долгое время в сих опасных преплытиях, награждая веселием ночным скуку дневного заключения. Но судьба положила конец его любовным подвигам. В одну из ночей, когда сей неустрашимый любовник отправился чрез валы на зрение своей любезной, внезапу восстал ветр, ему противный, будущу ему на среде пути его. Все силы его немощны были на преодоление разъяренных вод. Тщетно он утомлялся, напрягая свои мышцы; тщетно возвышал глас свой, да услышан будет в опасности. Видя невозможность достигнуть берега, вознамерился он возвратиться к монастырю своему, дабы, имея попутный ветер, тем легче оного достигнуть. Но едва обратил он шествие свое, как валы, осилив его утомленные мышцы, затопили его в пучине. На утрие тело его найдено на отдаленном берегу. Если бы я писал поэму на сие, то бы читателю моему представил любовницу в отчаянии. Но сие было бы здесь излишнее. Всяк знает, что любовнице, хотя на первое мгновение, скорбно узнать о кончине любезного. Не ведаю и того, бросилась ли сия новая Геро в озеро или же в следующую ночь паки топила баню для путешественника. Любовная летопись гласит, что валдайские красавицы от любви не умирали... разве в больнице.

Нравы валдайские переселилися и в близлежащий почтовый стан, Зимногорье. Тут для путешественника такая же бывает встреча, как и в Валдаях. Прежде всего представятся взорам разрумяненные девки с баранками. Но как молодые мои лета уже прошли, то я поспешно расстался с мазаными валдайскими и зимногорскими сиренами.

ЕДРОВО

Доехав до жилья, я вышел из кибитки. Неподалёку от дороги над водою стояло много баб и девок. Страсть, господствовавшая во всю жизнь надо мною, но уже угасшая, по обыкшему ее стремлению направила стопы мои к толпе сельских сих красавиц. Толпа сия состояла более нежели из тридцати женщин. Все они были в праздничной одежде, шеи голые, ноги босые, локти наруже, платье заткнутое спереди за пояс, рубахи белые, взоры веселые, здоровье на щеках начертанное. Приятности, загрубевшие хотя от зноя и холода, но прелестны без покрова хитрости; красота юности в полном блеске, в устах улыбка или смех сердечный; а от него виден становился ряд зубов, белее чистейшей слоновой кости. Зубы, которые бы щеголих с ума свели. Приезжайте сюда, любезные наши боярыньки московские и петербургские, посмотрите на их зубы, учитесь у них, как их содержать в чистоте. Зубного врача у них нет. Не сдирают они каждый день лоску с зубов своих ни щетками, ни порошками. Станьте с которою из них вы хотите рот со ртом; дыхание ни одной из них не заразит вашего легкого. А ваше, ваше, может быть, положит в них начало... болезни... боюсь сказать какой: хотя не закраснеетесь, но рассердитесь. — Разве я говорю неправду? Муж одной из вас таскается по всем скверным девкам; получив болезнь, пьет, ест и спит с тобою же; другая же сама изволит иметь годовых, месячных, недельных или, чего боже спаси, ежедневных любовников. Познакомясь сегодня и совершив свое желание, завтра его не знает; да и того иногда не знает, что уже она одним его поцелуем заразилася. — А ты, голубушка моя, пятнадцатилетняя девушка, ты еще непорочна, может быть; но на лбу твоем я вижу, что кровь твоя вся отравлена. Блаженной памяти твой батюшка из докторских рук не выхаживал, а государыня матушка твоя, направляя тебя на свой благочестивый путь, нашла уже тебе женишка, заслуженного старика генерала, и спешит тебя выдать замуж для того только, чтобы не сделать с тобой визита воспитательному дому. А за стариком-то жить нехудо, своя воля; только бы быть замужем, дети все его. Ревнив он будет, тем лучше: более удовольствия в украденных утехах; с первой ночи приучить его можно не следовать глупой старой моде с женою спать вместе.

И не приметил, как вы, мои любезные городские сватьюшки, тетушки, сестрицы, племянницы и проч., меня долго задержали. Вы, право, того не стоите. У вас на щеках румяна, на сердце румяна, на совести румяна, на искренности... сажа. Всё равно, румяна или сажа. Я побегу от вас во всю конскую рысь к моим деревенским красавицам. Правда, есть между ими на вас похожие, но есть такие, каковых в городах слыхом не слыхано и видом не видано... Посмотрите, как все члены у моих красавиц круглы, рослы, не искривлены, не испорчены. Вам смешно, что у них ступни в пять вершков, а может быть, и в шесть. Ну, любезная моя племянница, с трехвершковою твоею ножкою, стань с ними рядом и бегите взапуски; кто скорее достигнет высокой березы, по конец луга стоящей? А... а... Это не твое дело... А ты, сестрица моя голубушка, с трехчетвертным своим станом в охвате, ты изволишь издеваться, что у сельской моей русалки брюшко на воле выросло. Постой, моя голубушка, посмеюсь и я над тобою. Ты уже десятый месяц замужем, и уж трехчетвертной твой стан изуродовался. А как то дойдет до родов, запоешь другим голосом. Но дай Бог, чтобы обошлось всё смехом. Дорогой мой зятюшка ходит повеся нос. Уже все твои шнурованья бросил в огонь. Кости из всех твоих платьев повытаскал, но уже поздно. Сросшихся твоих накриво составов тем не спрямит. — Плачь, моя любезная зять, плачь, плачь. Мать наша, следуя плачевной и смертию разрешающихся от бремени жен ознаменованной моде, уготовала за многие лета тебе печаль, а дочери своей болезнь, детям твоим слабое телосложение. Она теперь возносит над главою ее смертоносное острие; и, если оно не коснется дней твоея супруги, благодари случай; а если веришь, что провидение божие о том заботилося, то благодари и его, коли хочешь. — Но я еще с городскими боярыньками. — Вот что привычка делает; отвязаться от них не хочется. И, право, с вами бы не расстался, если бы мог довести вас до того, чтобы вы лица своего и искренности не румянили. Теперь прощайте.

Покуда я глядел на моющих платье деревенских нимф, кибитка моя от меня уехала. Я намерялся идти за нею вслед, как одна девка, по виду лет двадцати, а, конечно, не более семнадцати, положа мокрое свое платье на коромысло, пошла одною со мною дорогою. Поравнявшись с ней, начал я с нею разговор: — Не трудно ли тебе нести такую тяжелую ношу, любезная моя, как назвать не знаю? — Меня зовут Анною, а ноша моя не тяжела. Хотя бы и тяжела была, я бы тебя, барин, не попросила мне пособить. — К чему такая суровость, Аннушка, душа моя? я тебе худого не желаю. — Спасибо, спасибо; часто мы видим таких щелкунов, как ты; пожалуй, проходи своею дорогою. — Анютушка, я, право, не таков, как я тебе кажуся, и не таков, как те, о которых ты говоришь. Те, думаю, так не начинают разговора с деревенскими девками, а всегда поцелуем; но я хотя бы тебя поцеловал, то, конечно бы, так, как сестру мою родную. — Не подъезжай, пожалуй; рассказы таковые я слыхала; а коли ты худого не мыслишь, чего же ты от меня хочешь? — Душа моя

Аннушка, я хотел знать, есть ли у тебя отец и мать, как ты живешь, богато ли или убого, весело ли, есть ли у тебя жених? — А на что это тебе, барин? Отроду в первый раз такие слышу речи. — Из сего судить можешь, Анюта, что я не негодяй, не хочу тебя обругать или обесчестить. Я люблю женщин для того, что они соответственное имеют сложение моей нежности; а более люблю сельских женщин или крестьянок для того, что они не знают еще притворства, не налагают на себя личины притворныя любви, а когда любят, то любят от всего сердца и искренно... — Девка в сие время смотрела на меня, выпяля глаза с удивлением. Да и так быть должно; ибо кто не знает, с какою наглостию дворянская дерзкая рука поползнется на непристойные и оскорбительные целомудрию шутки с деревенскими девками. Они в глазах дворян старых и малых суть твари, созданные на их угождение. Так они и поступают; а особливо с несчастными, подвластными их велениям. В бывшее пугачевское возмущение, когда все служители вооружились на своих господ, некакие крестьяне (повесть сия нелжива), связав своего господина, везли его на неизбежную казнь. Какая тому была причина? Он во всем был господин добрый и человеколюбивый, но муж не был безопасен в своей жене, отец в дочери. Каждую ночь посланные его приводили к нему на жертву бесчестия ту, которую он того дня назначил. Известно в деревне было, что он омерзил 60 девиц, лишив их непорочности. Наехавшая команда выручила сего варвара из рук на него злобствовавших. Глупые крестьяне, вы искали правосудия в самозванце! но почто не поведали вы сего законным судиям вашим? Они бы предали его гражданской смерти, и вы бы невинны остались. А теперь злодей сей спасен. Блажен, если близкий взор смерти образ мыслей его переменил и дал жизненным его сокам другое течение. — Но крестьянин в законе мертв, сказали мы... Нет, нет, он жив, он жив будет, если того восхочет.

— Если, барин, ты не шутишь, — сказала мне Анюта, — то вот что я тебе скажу: у меня отца нет, он умер уже года с два; есть матушка да маленькая сестра. Батюшка нам оставил пять лошадей и три коровы. Есть и мелкого скота, и птиц довольно; но нет в дому работника. Меня было сватали в богатый дом за парня десятилетнего, но я не захотела. Что мне в таком ребенке? Я его любить не буду. А как он придет в пору, то я состареюсь, и он будет таскаться с чужими. Да сказывают, что свекор сам с молодыми невестками спит, покуда сыновья вырастают. Мне для того-то не захотелось идти к нему в семью. Я хочу себе ровню. Мужа буду любить, да и он меня любить будет, в том не сомневаюсь. Гулять с молодцами не люблю, а замуж, барин, хочется. Да знаешь ли, для чего? — говорила Анюта, потупя глаза. —

Скажи, душа моя Анютушка, не стыдись; все слова в устах невинности непорочны. — Вот что я тебе скажу. Прошлым летом, год тому назад, у соседа нашего женился сын на моей подруге, с которой я хаживала всегда в посиделки. Муж ее любит, а она его столько любит, что на десятом месяце после венчания родила ему сынка. Всякий вечер она выходит пестовать его за ворота. Она на него не наглядится. Кажется, будто и паренек-то матушку свою уж любит. Как она скажет ему: агу, агу, он и засмеется. Мне то до слез всякий день; мне бы уж хотелось самой иметь такого же паренька... — Я не мог тут вытерпеть и, обняв Анюту, поцеловал ее от всего моего сердца. — Смотри, барин, какой ты обманщик, ты уж играешь со мною. Поди, сударь, прочь от меня, оставь бедную сироту, — сказала Анюта, заплакав. — Кабы батюшка жив был и это видел, да даром что ты господин, нагрел бы тебе шею. — Не оскорбляйся, моя любезная Анютушка, не оскорбляйся, поцелуй мой не осквернит твоей непорочности. Она в глазах моих священна. Поцелуй мой есть знак моего к тебе почтения и был исторгнут восхищением глубоко тронутыя души. Не бойся меня, любезная Анюта, не подобен я хищному зверю, как наши молодые господчики, которые отъятие непорочности ни во что вменяют. Если бы я знал, что поцелуй мой тебя оскорбит, то клянусь тебе Богом, что бы не дерзнул на него. — Рассуди сам, барин, как не осердиться за поцелуй, когда все они уж посулены другому. Они заранее все уж отданы, и я в них не властна. — Ты меня восхищаешь. Ты уже любить умеешь. Ты нашла сердцу своему другое, ему соответствующее. Ты будешь блаженна. Ничто не развратит союза вашего. Не будешь ты окружена соглядатаями, в сети пагубы уловить тебя стерегущими. Не будет слух сердечного друга твоего уязвлен прельщающим гласом, на нарушение его к тебе верности призывающим. Но почто же, моя любезная Анюта, ты лишена удовольствия наслаждаться счастием в объятиях твоего милого друга? — Ах, барин, для того, что его не отдают к нам в дом. Просят ста рублей. А матушка меня не отдает; я у ней одна работница. — Да любит ли он тебя? — Как же не так. Он приходит по вечерам к нашему дому, и мы вместе смотрим на паренька моей подруги... Ему хочется такого же паренька. Грустно мне будет; но быть терпеть. Ванюха мой хочет идти на барках в Питер в работу и не воротится, покуда не выработает ста рублей для своего выкупа. — Не пускай его, любезная Анютушка, не пускай его; он идет на свою гибель. Там он научится пьянствовать, мотать, лакомиться, не любить пашню, а больше всего он и тебя любить перестанет. — Ах, барин, не стращай меня, — сказала Анюта, почти заплакав. — А тем скорее, Анюта, если ему случится служить в дворянском доме.

Господский пример заражает верхних служителей, нижние заражаются от верхних, а от них язва разврата достигает и до деревень. Пример есть истинная чума; кто что видит, тот то и делает. — Да как же быть? Так мне и век за ним не бывать замужем. Ему пора уже жениться; по чужим он не гуляет; меня не отдают к нему в дом; то высватают за него другую, а я, бедная, умру с горя... — Сие говорила она, проливая горькие слезы. — Нет, моя любезная Анютушка, ты завтра же будешь за ним. Поведи меня к своей матери. — Да вот наш двор, — сказала она, остановясь. — Проходи мимо, матушка меня увидит и худое подумает. А хотя она меня и не бьет, но одно ее слово мне тяжелее всяких побоев. — Нет, моя Анюта, я пойду с тобою... — и, не дожидаясь ее ответа, вошел в ворота и прямо пошел на лестницу в избу. Анюта мне кричала вслед: — Постой, барин, постой. — Но я ей не внимал. В избе я нашел Анютину мать, которая квашню месила; подле нее на лавке сидел будущий ее зять. Я без дальних околичностей ей сказал, что я желаю, чтобы дочь ее была замужем за Иваном, и для того принес ей то, что надобно для отвлечения препятствия в сем деле. — Спасибо, барин, — сказала старуха, — в этом теперь уж нет нужды. Ванюха теперь пришед сказывал, что отец уж отпускает его ко мне в дом. И у нас в воскресенье будет свадьба. — Пускай же посуленное от меня будет Анюте в приданое. — И на том спасибо. Приданого бояре девкам даром не дают. Если ты над моей Анютой что сделал и за то даешь ей приданое, то Бог тебя накажет за твое беспутство; а денег я не возьму. Если же ты добрый человек и не ругаешься над бедными, то, взяв я от тебя деньги, лихие люди мало ли что подумают. — Я не мог надивиться, нашед толико благородства в образе мыслей у сельских жителей. Анюта между тем вошла в избу и матери своей меня расхвалила. Я было еще попытался дать им денег, отдавая их Ивану на заведение дому; но он мне сказал: — У меня, барин, есть две руки, я ими дом и заведу. — Приметив, что им мое присутствие было не очень приятно, я их оставил и возвратился к моей кибитке.

Едущу мне из Едрова, Анюта из мысли моей не выходила. Невинная ее откровенность мне нравилась безмерно. Благородный поступок ее матери меня пленил. Я сию почтенную мать с засученными рукавами за квашнею или с подойником подле коровы сравнивал с городскими матерями. Крестьянка не хотела у меня взять непорочных, благоумышленных ста рублей, которые в соразмерности состояний долженствуют быть для полковницы, советницы, майорши, генеральши пять, десять, пятнадцать тысяч или более; если же госпоже полковнице, майорше, советнице или генеральше... (в соразмерности моего посула едровской ямщичихе), у которой дочка лицом недурна, или только что непорочна, и того уже довольно, знатный барин, седмидесятой, или, чего Боже сохрани, седмьдесят второй пробы, посулит пять, десять, пятнадцать тысяч, или глухо знатное приданое, или сыщен чиновного жениха, или выпросит в почетные девицы, то я вас вопрошаю, городские матушки, не ёкнет ли у вас сердечко? не захочется ли видеть дочку в позлащенной карете, в бриллиантах, едущую четвернею, если она ходит пешком, или едущую цугом, вместо двух заморенных кляч, которые ее таскают? Я согласен в том с вами, что бы вы обряд и благочиние сохранили и не так легко сдалися, как феатральные девки. Нет, мои голубушки, я вам даю сроку на месяц или на два, но не более. А если доле заставите воздыхать первостатейного бесплодно, то он, будучи занят делами государственными, вас оставит, дабы не терять с вами драгоценнейшего времени, которое он лучше употребить может на пользу общественную. — Тысяча голосов на меня подымаются; ругают меня всякими мерзкими названиями: мошенник, плут, кан... бес... и пр., и пр. Голубушки мои, успокойтесь, я вашей чести не поношу. Ужели все таковы? Поглядитесь в сие зеркало; кто из вас себя в нем узнает, та брани меня без всякого милосердия. Жалобницы и на ту я не подам, суда по форме говорить с ней не стану.

Анюта, Анюта, ты мне голову скружила! Для чего я тебя не узнал лет 15 тому назад. Твоя откровенная невинность, любострастному дерзновению неприступная, научила бы меня ходить на стезях целомудрия. Для чего первый мой в жизни поцелуй не был тот, который я на щеке твоей прилепил в душевном восхищении? Отражение твоея жизненности проникнуло бы во глубину моего сердца, и я бы избегнул скаредностей, житие мое исполнивших. Я бы удалился от смрадных наемниц любострастия, почтил бы ложе супружества, не нарушил бы союза родства моею плотскою несытостию; девственность была бы для меня святая святых, и ее коснутися не дерзнул бы. О моя Анютушка! сиди всегда у околицы и давай наставления твоею незастенчивою невинностию. Уверен, что обратишь на путь добродеяния начинающего с оного совращатися и укрепишь в нем к совращению наклонного. Не востревожься, если закоренелый в развратности, поседевший в объятиях бесстудства, мимо тебя пройдет и тебя презрит; не тщися воспретить его шествию услаждением твоего разговора. Сердце его уже камень; душа его покрылася алмазною корою. Не может благодетельное жало невинныя добродетели положить на нем глубокие черты. Конец ее скользнет по поверхности гладко затверделого порока. Блюди, да о нее острие твое не притупится. Но не пропусти юношу, опасными лепоты прелестями облеченного; улови его в твои сети. Он горд, надменен, порывист, нагл, дерзновенен, обидящ, уязвляющ кажется. Но сердце его уступит твоему впечатлению и отверзется на восприятие твоего благотворного примера. — Анюта, я с тобой не могу расстаться, хотя уже вижу двадцатый столп от тебя.

Но что такое за обыкновение, о котором мне Анюта сказывала? Ее хотели отдать за десятилетнего ребенка. Кто мог такой союз дозволить? Почто не ополчится рука, законы хранящая, на искоренение толикого злоупотребления? В христианском законе брак есть таинство, в гражданском — соглашение или договор. Какой священнослужитель может неравный брак благословить или какой судия может его вписать в свой дневник? Где нет соразмерности в летах, там и брака быть не может. Сие запрещают правила естественности, яко вещь, бесполезную для человека; сие запрещать долженствовал бы закон гражданский, яко вредное для общества. Муж и жена в обществе суть два гражданина, делающие договор, в законе утвержденный, которым обещеваются прежде всего на взаимное чувств услаждение (да не дерзнет здесь никто оспорить первейшего закона сожития и основания брачного союза, начало любви непорочнейшия и твердый камень основания супружеского согласия), обещеваются жить вместе, общее иметь стяжание, возвращать плоды своея горячности и, дабы жить мирно, друг друга не уязвлять. При неравенстве лет можно ли сохранить условие сего соглашения? Если муж десяти лет, а жена двадцати пяти, как то бывает часто во крестьянстве; или если муж пятидесяти, а жена пятнадцати или двадцати лет, как то бывает во дворянстве, — может ли быть взаимное чувств услаждение? Скажите вы мне, мужья-старички, но скажите по совести, стоите ли вы названия мужа? Вы можете только возжечь огнь любовный, не в состоянии его утушить.

Неравенством лет нарушается единый из первейших законов природы; то может ли положительный закон быть тверд, если основания не имеет в естественности? Скажем яснее: он и не существует. — Возвращать плоды взаимной горячности. — Но может ли тут быть взаимность, где с одной стороны пламя, а с другой нечувствительность? Может ли быть тут плод, если насажденное древо лишается благодетельного дождя и питающия росы? А если плод когда и будет, но будет он тощ, невзрачен и скорому подвержен тлению.

— Не уязвлять друг друга. — Се правило предвечное, верное; буде счастливою в супругах симпатиею чувства их равномерно услаждаются, то союз брачный будет благополучен; малые домашние волнения скоро утихают при нашествии веселия. И, когда мраз старости подернет чувственное веселие непроницаемою корою, тогда напоминовение прежних утех успокоит брюзгливую древность лет. — Одно условие брачного договора может и в неравенстве быть исполняемо: жить вместе. — Но будет ли в том взаимность? Один будет начальник самовластный, имея в руках силу, другой будет слабый подданник и раб совершенный, веление господа своего исполнять только могущий. — Вот, Анюта, благие мысли, тобою мне внушенные. Прости, любезная моя Анютушка, поучения твои вечно пребудут в сердце моем впечатленны, и сыны сынов моих наследят в них.

Хотиловский ям был уже в виду, а я еще размышлял о едровской девке и в восторге души моей воскликнул громко: — О Анюта! Анюта! — Дорога была негладка, лошади шли шагом; повозчик мой вслушался в мою речь, оглянувшись на меня. — Видно, барин, — говорил он мне, улыбаясь и поправляя шляпу, — что ты на Анютку нашу призарился. Да уж и девка! Не одному тебе она нос утерла... Всем взяла... На нашем яму много смазливых, но перед ней все плюнь. Какая мастерица плясать! всех за пояс заткнет, хоть бы кого... А как пойдет в поле жать... загляденье. Ну... брат Ванька счастлив. — Иван брат тебе? — Брат двоюродный. Да ведь и парень! Трое молодцов стали около Анютки свататься; но Иван всех отбоярил. Они и тем и сем, но не тут-та. А Ванюха тотчас и подцепил... (Мы уже въезжали в околицу...) То-то, барин! Всяк пляшет, да не как скоморох. — И к почтовому двору подъехал.

Всяк пляшет, да не как скоморох, — твердил я, вылезая из кибитки... — Всяк пляшет, да не как скоморох, — повторил я, наклоняяся и подняв развертывая...

ХОТИЛОВ

ПРОЕКТ В БУДУЩЕМ

Доведя постепенно любезное отечество наше до цветущего состояния, в котором оное ныне находится; видя науки, художества и рукоделия, возведенные до высочайшия совершенства степени, до коей человеку достигнути дозволяется; видя в областях наших, что разум человеческий, вольно распростирая свое крылие, беспрепятственно и незаблужденно возносится везде к величию и надежным ныне стал стражею общественных законоположений, — под державным его покровом свободно и сердце наше, в молитвах ко всевышнему творцу воссылаемых, с неизреченным радованием сказати может, что отечество наше есть приятное божеству обиталище; ибо сложение его не на предрассудках и суевериях основано, но на внутреннем нашем чувствовании щедрот Отца всех. Неизвестны нам вражды, столь часто людей разделявшие за их исповедание, неизвестно нам в оном и принуждение. Родившись среди свободы сей, мы истинно братьями друг друга почитаем, единому принадлежа семейству, единого имея отца, Бога.

Светильник науки, нося́ся над законоположением нашим, отличает ныне его от многих земных зконоположений. Равновесие во властях, равенство в имуществах отъемлют корень даже гражданских несогласий. Умеренность в наказаниях, заставляя почитать законы верховныя власти, яко веления нежных родителей к своим чадам, предупреждает даже и бесхитростные злодеяния. Ясность в положениях о приобретении и сохранении имений не дозволяет возродиться семейным распрям. Межа, отделяющая гражданина в его владении от другого, глубока и всеми зрима, и всеми свято почитаема. Оскорбления частные между нами редки и дружелюбно примиряются. Воспитание народное пеклося о том, да кротки будем, да будем граждане миролюбивые, но прежде всего да будем человеки.

Наслаждаяся внутреннюю тишиною, внешних врагов не имея, доведя общество до высшего блаженства гражданского сожития, неужели толико чужды будем ощущению человечества, чужды движениям жалости, чужды нежности благородных сердец, любви чужды братния и оставим в глазах наших на всегдашнюю нам укоризну, на поношение дальнейшего потомства треть целую общников наших, сограждан нам равных, братий возлюбленных в естестве, в тяжких узах рабства и неволи? Зверский обычай порабощать себе подобного человека, возродившийся в знойных полосах Ассии, обычай, диким народам приличный, обычай, знаменующий сердце окаменелое и души отсутствие совершенное, простерся на лице земли быстротечно, широко и далеко. И мы, сыны славы, мы, именем и делами словуты в коленах земнородных, пораженные невежества мраком, восприяли обычай сей; и ко стыду нашему, ко стыду прошедших веков, ко стыду сего разумного времяточия сохранили его нерушимо даже до сего дня.

Известно вам из деяний отцов ваших, известно всем из наших летописей, что мудрые правители нашего народа, истинным подвизаемы человеколюбием, дознав естественную связь общественного союза, старалися положить предел стоглавому сему злу. Но державные их подвиги утщетилися известным тогда гордыми своими преимуществами в государстве нашем чиносостоянием, но ныне обветшалым и в презрение впадшим, дворянством наследственным. Державные предки наши среди могущества сил скипетра своего немощны были на разрушение оков гражданския неволи. Не токмо они не могли исполнити своих благих намерений, но ухищрением помянутого в государстве чиносостояния подвинуты стали на противные рассудку их

84

и сердцу правила. Отцы наши зрели губителей сих, со слезами, может быть, сердечными, сожимаемых узы и отягчающих оковы наиполезнейших в обществе сочленов. Земледельцы и до днесь между нами рабы; мы в них не познаём сограждан нам равных, забыли в них человека. О возлюбленные наши сограждане! о истинные сыны отечества! воззрите окрест вас и познайте заблуждение ваше. Служители божества предвечного, подвизаемые ко благу общества и ко блаженству человека, единомыслием с нами изъясняли вам в поучениях своих во имя всещедрого Бога, ими проповедуемого, колико мудрости его и любви противно властвовати над ближним своим самопроизвольно. Старалися они доводами, в природе и сердце нашем почерпнутыми, доказать вам жестокость вашу, неправду и грех. Еще глас их торжественно во храмах живого Бога вопиет громко: опомнитесь, заблудшие, смягчитеся, жестокосердные; разрушите оковы братии вашей, отверзните темницу неволи и дайте подобным вам вкусити сладости общежития, к нему же всещедрым уготованы, яко же и вы. Они благодетельными лучами солнца равно с вами наслаждаются, одинаковые с вами у них члены и чувства, и право в употреблении оных должно быть одинаково.

Но если служители божества представили взорам вашим неправоту порабощения в отношении человека, за долг наш вменяем мы показать вам вред оной в обществе и неправильность оного в отношении гражданина. Излишне, казалось бы, при возникшем столь уже давно духе любомудрия взыскивать или поновлять доводы о существенном человеков, а потому и граждан равенстве. Возросшему под покровом свободы, исполненному чувствиями благородства, а не предрассуждениями, доказательства о первенственном равенстве суть движения его сердца обыкновенные. Но се несчастие смертного на земли: заблуждати среди света и не зрети того, что прямо взорам его предстоит.

В училищах, юным вам сущим, преподали вам основания права естественного и права гражданского. Право естественное показало вам человеков, мысленно вне общества, приявших одинаковое от природы сложение и потому имеющих одинаковые права, следственно, равных во всем между собою и единые другим не подвластных. Право гражданское показало вам человеков, променявших беспредельную свободу на мирное оныя употребление. Но если все они положили свободе своей предел и правило деяниям своим, то все равны от чрева матери в природной свободе, равны должны быть и в ограничении оной. Следственно, и тут один другому не подвластен. Властитель первый в обществе есть закон; ибо он для всех один. Но какое было побуждение вступати в общество и полагати произвольные пределы деяниям? Рассудок скажет: собственное благо; сердце скажет: собственное благо; нерастленный закон гражданский скажет: собственное благо. Мы в обществе живем, уже многие степени усовершенствования протекшем, и потому запамятовали мы начальное оного положение. Но воззрите на все новые народы и на все общества естества, если так сказать можно. Во-первых, порабощение есть преступление; во-вторых, един злодей или неприятель испытует тягость неволи. Соблюдая сии понятия, познаем мы, колико удалилися мы от цели общественной, колико отстоим еще вершины блаженства общественного далеко. Всё сказанное нами вам есть обычно, и правила таковые иссосали вы со млеком матерним. Един предрассудок мгновения, единая корысть (да не уязвится нашими изречениями), единая корысть отъемлет у нас взор и в темноте беснующим нас уподобляет.

Но кто между нами оковы носит, кто ощущает тяготу неволи? Земледелец! кормилец нашея тощеты, насытитель нашего глада, тот, кто дает нам здравие, кто житие наше продолжает, не имея права распоряжати ни тем, что обрабатывает, ни тем, что производит. Кто же к ниве ближайшее имеет право, буде не делатель ее? Представим себе мысленно мужей, пришедших в пустыню для сооружения общества. Помышляя о прокормлении своем, они делят поросшую злаком землю. Кто жребий на уделе получает? Не тот ли, кто ее вспахать возможет? Не тот ли, кто силы и желание к тому имеет достаточные? Младенцу или старцу, расслабленному, немощному и нерадивому удел будет бесполезен. Она пребудет в запустении, и ветр класов[1] на ней не возвеет. Если она бесполезна делателю ее, то бесполезна и обществу; ибо избытка своего делатель обществу не отдаст, не имея нужного. Следственно, в начале общества тот, кто ниву обработать может, тот имел на владение ею право, и обрабатывающий ее пользуется ею исключительно. Но колико удалилися мы от первоначального общественного положения относительно владения. У нас тот, кто естественное имеет к оному право, не токмо от того исключен совершенно, но, работая ниву чуждую, зрит пропитание свое, зависящее от власти другого! Просвещенным вашим разумам истины сии не могут быть понятны, но деяния ваши в исполнении сих истин препинаемы, сказали уже мы, предрассуждением и корыстию. Неужели сердца ваши, любовию человечества полные, предпочтут корысть чувствованиям, сердце услаждающим? Но какая в том корысть ваша? Может ли государство, где две трети граждан лишены гражданского звания и частию в законе мертвы, назваться блаженным? Можно ли назвать блаженным гражданское поло-

---

1. Т.е. колосьев.

жение крестьянина в России? Ненасытец кровей один скажет, что он блажен, ибо не имеет понятия о лучшем состоянии.

Мы постараемся опровергнуть теперь сии зверские властителей правила, яко же их опровергали некогда предшественники наши деяниями своими неуспешно.

Блаженство гражданское в различных видах представиться может. Блаженно государство, говорят, если в нем царствует тишина и устройство. Блаженно кажется, когда нивы в нем не пустеют и во градех гордые воздымаются здании. Блаженно, называют его, когда далеко простирает власть оружия своего и властвует оно вне себя не токмо силою своею, но и словом своим над мнениями других. Но все сии блаженства можно назвать внешними, мгновенными, преходящими, частными и мысленными.

Воззрим на предлежащую взорам нашим долину. Что видим мы? Пространный воинский стан. Царствует в нем тишина повсюду. Все ратники стоят в своем месте. Наивеличайший строй зрится в рядах их. Единое веление, единое руки мановение начальника движет весь стан и движет его стройно. Но можем ли назвать воинов блаженными? Превращенные точностию воинского повиновения в куклы, отъемлется у них даже движения воля, толико живым веществом свойственная. Они знают только веление начальника, мыслят, что он хощет, и стремятся, куда направляет. Толико всесилен жезл над могущественнейшею силою государства. Совокупны возмогут вся, но разделенны и наедине пасутся, яко скоты, амо же пастырь пожелает. Устройство на счет свободы столь же противно блаженству нашему, как и самые узы. — Сто невольников, пригвожденных ко скамьям корабля, веслами двигаемого в пути своем, живут в тишине и устройстве; но загляни в их сердце и душу. Терзание, скорбь, отчаяние. Желали бы они нередко променять жизнь на кончину; но и ту им не оспоривают. Конец страдания их есть блаженство; а блаженство неволе не сродно, и потому они живы. Итак, да не ослепимся внешним спокойствием государства и его устройством и для сих только причин да не почтем оное блаженным. Смотри всегда на сердца сограждан. Если в них найдешь спокойствие и мир, тогда сказать можешь воистину: се блаженны.

Европейцы, опустошив Америку, утучнив нивы ее кровию природных ее жителей, положили конец убийствам своим новою корыстию. Запустелые нивы сего обновленного сильными природы потрясениями полукружия почувствовали соху, недра их раздирающую. Злак, на тучных лугах вырастающий и иссыхавший бесплодно, почувствовал былие свое, острием косы подсекаемо. Валятся на горах гордые древеса, издревле вершины их осенявшие. Леса бесплодные и горные дебри претворяются в нивы плодоносные и покрываются стовидными произращениями, единой Америке свойственными или удачно в оную преселенными. Тучные луга потаптываются многочисленным скотом, на яству и работу человеком определяемым. Везде видна строящая рука делателя, везде кажется вид благосостояния и внешний знак устройства. Но кто же столь мощною рукою нудит скупую, ленивую природу давать плоды свои в толиком обилии? Заклав Индийцев единовременно, злобствующие европейцы, проповедники миролюбия во имя Бога истины, учители кротости и человеколюбия, к корени яростного убийства завоевателей прививают хладнокровное убийство порабощения приобретением невольников куплею. Сии-то несчастные жертвы знойных берегов Нигера и Сенегала отринутые своих домов и семейств, преселенные в неведомые им страны, под тяжким жезлом благоустройства вздирают обильные нивы Америки, трудов их гнушающейся. И мы страну опустошения назовем блаженною для того, что поля ее не поросли тернием и нивы их обилуют произращениями разновидными? Назовем блаженною страною, где сто гордых граждан утопают в роскоши, а тысящи не имеют надежного пропитания, ни собственного от зноя и мраза укрова? О, дабы опустети паки обильным сим странам! дабы терние и волчец, простирая корень свой глубоко, истребил все драгие Америки произведения! Вострепещите, о возлюбленные мои, да не скажут о вас: "премени имя, повесть о тебе вещает".

Мы дивимся и ныне еще огромности египетских зданий. Неупотребительные пирамиды чрез долгое время доказывать будут смелое в созидании египтян зодчество. Но для чего сии столь нелепые кучи камней были уготованы? На погребение надменных фараонов. Кичливые сии властители, жадая бессмертия, и по кончине хотели отличествовати внешностию своею от народа своего. Итак, огромность зданий, бесполезных обществу, суть явные доказательства его порабощения. В остатках погибших градов, где общее блаженство некогда водворялось, обрящем развалины училищ, больниц, гостиниц, водоводов, позорищ[1] и тому подобных зданий; во градах же, где известнее было *я*, а не *мы*, находим остатки великолепных царских чертогов, пространных конюшен, жилища зверей. Сравните то и другое; выбор ваш не будет затруднителен.

Но что обретаем в самой славе завоеваний? Звук, гремление, надутлость и истощение. Я таковую славу применю к шарам, в 18-м столетии изобретенным: из шелковой ткани сложенные, наполняются они мгновенно горючим воздухом и возлетают с быстротою звука до выспренных пределов эфира. Но то, что их

---

1. П о з о р и щ а — зрелища.

составляло силу, источается из среды тончайшими скважинами непрестанно; тяжесть, горе вращавшаяся, приемлет естественный путь падения долу; и то, что месяцы целые сооружалось со трудом, тщанием и иждивением, едва часов несколько может веселить взоры зрителей.

Но вопроси, чего жаждет завоеватель? чего он ищет, опустошая страны населенные или покоряя пустыни своей державе? Ответ получим мы от яростнейшего из всех, от Александра, Великим названного, но велик поистине не в делах своих, но в силах душевных и разорениях. "О афиняне! — вещал он, — колико стоит мне быть хвалиму вами". Несмысленный! воззри на шествие твое. Крутой вихрь твоего полета, преносясь чрез твою область, затаскивает в вертение свое жителей ее и, влача силу государства во своем стремлении, за собою оставляет пустыню и мертвое пространство. Не рассуждаешь ты, о ярый вепрь, что, опустоша землю своею победою, в завоеванной ничего не обрящешь, тебя услаждающего. Если приобрел пустыню, то она соделается могилою для твоих сограждан, в коей они сокрыватися будут; населяя новую пустыню, превратишь страну обильную в бесплодную. Какая же прибыль, что из пустыни соделал селитьбы, если другие населения тем сделал пустыми? Если же приобрел населенную страну, то исчисли убийства твои и ужаснися. Искоренить долженствуешь ты все сердца, тебя в громоносности твоей возненавидевшие; не мни убо, что любити можно, его же бояться нудятся. По истреблении мужественных граждан останутся и будут подвластны тебе робкие души, рабства иго восприяти готовые; но и в них ненависть к подавляющей твоей победе укоренится глубоко. Плод твоего завоевания будет, — не льсти себе, — убийство и ненависть. Мучитель пребудешь на памяти потомков; казниться будешь, ведая, что мерзят тебя новые рабы твои и от тебя кончины твоея просят.

Но, нисходя к ближайшим о состоянии земледелателей понятиям, колико вредным его находим мы для общества. Вредно оно в размножении произрастений и народа, вредно примером своим и опасно в неспокойствии своем. Человек, в начинаниях своих двигаемый корыстию, предприемлет то, что ему служить может на пользу. Ближайшую или дальную, и удаляется того, в чем он не обретает пользы, ближайшей или дальновидной. Следуя сему естественному побуждению, всё начинаемое для себя, всё, что делаем без принуждения, делаем с прилежанием, рачением, хорошо. Напротив того, всё то, на что несвободно подвизаемся, всё то, что не для своей совершаем пользы, делаем оплошно, лениво, косо и криво. Таковых находим мы земледелателей в государстве нашем. Нива у них чуждая, плод оныя им не принадлежит. И для того обрабатывают ее лениво; и не радеют о том, не запустеет ли среди делания. Сравни сию ниву с данною надменным владельцем на тощее прокормление делателю. Не жалеет сей о трудах своих, ее ради предпринимаемых. Ничто не отвлекает его от делания. Жестокость времени он одолевает бодрственно; часы, на упокоение определенные, проводит в трудах; во дни, на веселие определенные, оного чуждается. Зане рачит о себе, работает для себя, делает про себя. И так нива его даст ему плод сугубый; и так все плоды трудов земледелателей мертвеют или паче не возрождаются, они же родились бы и были живы на насыщение граждан, если бы делание нив было рачительно, если бы было свободно.

Но если принужденная работа дает меньше плода, то не достигающие своея цели земные произведения толико же препятствуют размножению народа. Где есть нечего, там, хотя бы и было кому есть, не будет; умрут от истощения. Тако нива рабства, неполный давая плод, мертвит граждан, им же определены были природою избытки ее. Но сим ли одним препятствуется в рабстве многоплодие? К недостатку прокормления и одежд присовокупили работу до изнеможения. Умножь оскорбления надменности и уязвления силы, даже в любезнийших человека чувствованиях; тогда с ужасом узришь возникшее губительство неволи, которое тем только различествует от побед и завоеваний, что не дает тому родиться, что победа посекает. Но от нее вреда больше. Легко всяк смотрит, что одна опустошает случайно, мгновенно; другая губит долговременно и всегда; одна, когда прейдет полет ее, скончавает свое свирепство; другая там только начнется, где сия кончится, и премениться не может, разве опасным всегда потрясением всея внутренности.

Но нет ничего вреднее, как всегдашнее на предметы рабства воззрение. С одной стороны родится надменность, а с другой — робость. Тут никакой не можно быть связи, разве насилие. И сие, собираяся в малую среду, властнодержавное свое действие простирает всюду тяжко. Но поборники неволи, власть и острие в руках имеющие, сами ключимые во узах, наияростнейшие оныя бывают проповедники. Кажется, что дух свободы толико в рабах иссякает, что не токмо не желают скончать своего страдания, но тягостно им зрети, что другие свободствуют. Оковы свои возлюбляют, если возможно человеку любити свою пагубу. Мне мнится в них зрети змию, совершившую падение первого человека. — Примеры властвования суть заразительны. Мы сами, признаться должно, мы, ополченные палицею мужества и природы на сокрушение стоглавного чудовища, иссосающего пищу общественную, уготованную на прокормление граждан, мы поползнулися, может быть, на действия самовластия, и хотя намерения наши были всегда благи и к блаженству целого стрем-

90

ились, но поступок наш державный полезностию своею оправда́ться не может. Итак, ныне молим вас отпущения нашего неумы́шленного дерзновения.

Не ведаете ли, любезные наши сограждане, коликая нам предстоит гибель, в коликой мы вращаемся опасности. Загрубелые все чувства рабов, и благим свободы мановением в движение не приходящие, тем укрепят и усовершенствуют внутреннее чувствование. Поток, заграждённый в стремлении своём, тем сильнее становится, чем твёрже находит противустояние. Прорвав оплот единожды, ничто уже в разлитии его противиться ему не возможет. Таковы суть братия наши, во узах нами содержимые. Ждут случая и часа. Колокол ударяет. И се пагуба зверства разливается быстротечно. Мы узрим окрест нас меч и отраву. Смерть и пожигание нам будет посул за нашу суровость и бесчеловечие. И чем медлительнее и упорнее мы были в разрешении их уз, тем стремительнее они будут во мщении своём. Приведите себе на память прежние повествования. Даже обольщение колико яростных сотворило рабов на погубление господ своих! Прельщённые грубым самозванцем, текут ему вослед и ничего толико не желают, как освободиться от ига своих властителей; в невежестве своём другого средства к тому не умыслили, как их умерщвление. Не щадили они ни пола, ни возраста. Они искали паче веселие мщения, нежели пользу сотрясения уз.

Вот что нам предстоит, вот чего нам ожидать должно. Гибель возносится горе постепенно, и опасность уже вращается над главами нашими. Уже время, вознесши косу, ждёт часа удобности, и первый льстец или любитель человечества, возникши на пробуждение несчастных, ускорит его мах. Блюдитеся.

Но если ужас гибели и опасность потрясения стяжаний подвигнуть может слабого из вас, неужели не будем мы толико в побеждении наших предрассуждений, в попрании нашего корыстолюбия и не освободим братию нашу из оков рабства и не восстановим природное всех равенство? Ведая сердец ваших расположение, приятнее им убедиться доводами, в человеческом сердце почерпнутыми, нежели в исчислениях корыстолюбивого благоразумия, а менее ещё в опасности. Идите, возлюбленные мои, идите в жилища братии вашей, возвестите о премене их жребия. Вещайте с ощущением сердечным: подвигнутые на жалость вашею участию, соболезнуя о подобных нам, дознав ваше равенство с нами и убеждённые общею пользою, пришли мы, да лобзаем братию нашу. Оставили мы гордое различие, нас толико времени от вас отделявшее, забыли мы существовавшее между нами неравенство, восторжествуем ныне о победе нашей, и сей день, в он же сокрушаются оковы сограждан нам любезных, да будет знаменитейший в летописях наших. Забудьте наше прежнее злодейство на вас, и да возлюбим друг друга искренно.

Се будет глагол ваш: се слышится он уже во внутренности сердец ваших. Не медлите, возлюбленные мои. Время летит; дни наши преходят в недействии. Да не скончаем жизни нашея, возымев только мысль благую и не возмогши ее исполнить. Да не воспользуется тем потомство наше, да не пожнет венца нашего, и с презрением о нас да не скажет: они были.

Вот что я прочел в замаранной грязию бумаге, которую поднял я перед почтовою избою, вылезая из кибитки моей.

Вошед в избу, я спрашивал, кто были проезжие незадолго передо мною. — Последний из проезжающих, — говорил мне почталион, — был человек лет пятидесяти; едет по подорожной в Петербург. Он у нас забыл связку бумаг, которую я теперь за ним вслед посылаю. — Я попросил почталиона, чтобы он дал мне сии бумаги посмотреть, и, развернув их, узнал, что найденная мною к ним же принадлежала. Уговорил я его, чтобы он бумаги сии отдал мне, дав ему за то награждение. Рассматривая их, узнал, что они принадлежали искреннему моему другу, а потому не почел я их приобретение кражею. Он их от меня доселе не требовал, а оставил мне на волю, что я из них сделать захочу.

Между тем как лошадей моих перепрягли, я любопытствовал, рассматривая доставшиеся мне бумаги. Множество нашел я подобных той, которую читал. Везде я обретал расположения человеколюбивого сердца, везде видел гражданина будущих времен. Более всего видно было, что друг мой поражен был несоразмерностию гражданских чиносостояний. Целая связка бумаг и начертаний законоположений относилася к уничтожению рабства в России. Но друг мой, ведая, что высшая власть недостаточна в силах своих на претворение мнений мгновенно, начертал путь повремянным законоположениям к постепенному освобождению земледельцев в России. Я здесь покажу шествие его мыслей. Первое положение относится к разделению сельского рабства и рабства домашнего. Сие последнее уничтожается прежде всего, и запрещается поселян и всех, по деревням в ревизии написанных, брать в домы. Буде помещик возьмет земледельца в дом свой для услуг или работы, то земледелец становится свободен. Дозволить крестьянам вступать в супружество, не требуя на то согласия своего господина. Запретить брать выводные деньги. Второе положение относится к собственности и защите земледельцев. Удел в земле, ими обрабатываемой, должны они иметь собственностию; ибо платят сами подушную подать. Приобретенное крестьянином имение ему принадлежать долженствует; никто его оного да не лишит самопроизвольно. Восстановление земледельца во звание гражданина. Надлежит ему судиму быть ему равными, то есть в расправах, в кои выбирать и из помещичьих крестьян. Дозволить крестьянину приобретать недвижимое имение, то есть покупать землю. Дозволить невозбранное приобретение вольности, платя господину за отпускную известную сумму. Запретить произвольное наказание без суда. — Исчезни варварское обыкновение, разрушься власть тигров! — вещает наш законодатель... За сим следует совершенное уничтожение рабства.

Между многими постановлениями, относящимися к восстановлению по возможности равенства во гражданах, нашел я табель о рангах. Сколь она была некстати нынешним временам и оным несоразмерна, всяк сам может вообразить. Но теперь дуга коренной лошади звенит уже в колокольчик и зовет меня к отъезду; и для того я за благо положил лучше рассуждать о том, что выгоднее для едущего на почте, чтобы лошади шли рысью или иноходью, или что выгоднее для почтовой клячи, быть иноходцем или скакуном, — нежели заниматься тем, что не существует.

ВЫШНИЙ ВОЛОЧОК

Никогда не проезжал я сего нового города, чтобы не посмотреть здешних шлюзов. Первый, кому на мысль пришло уподобиться природе в ее благодеяниях и сделать реку рукодельную, дабы все концы единыя области в вящще привести сообщение, достоин памятника для дальнейшего потомства. Когда нынешние державы от естественных и нравственных причин распадутся, позлащенные нивы их порастут тернием и в развалинах великолепных чертогов гордых их правителей скрываться будут ужи, змеи и жабы, — любопытный путешественник обрящет глаголющие остатки величия их в торговле. Римляне строили большие дороги, водоводы, коих прочности и ныне по справедливости удивляются; но о водяных сообщениях, каковые есть в Европе, они не имели понятия. Дороги, каковые у римлян бывали, наши не будут никогда; препятствует тому наша долгая зима и сильные морозы, а каналы и без обделки нескоро заровняются.

Немало увеселительным было для меня зрелищем вышневолоцкий канал, наполненный барками, хлебом и другим товаром нагруженными и приуготовляющимися к прохождению сквозь шлюз для дальнейшего плавания до Петербурга. Тут видно было истинное земли изобилие и избытки земледелателя; тут явен был во всем своем блеске мощный побудитель человеческих деяний — корыстолюбие. Но если при первом взгляде разум мой усладился видом благосостояния, при раздроблении мыслей скоро увяло мое радование. Ибо воспомянул, что в России многие земледелатели не для себя работают; и так изобилие земли во многих краях России доказывает отягченный жребий ее жителей. Удовольствие мое переменилось в равное негодование с тем, какое ощущаю, ходя в летнее время по таможенной пристани, взирая на корабли, привозящие к нам избытки Америки и драгие ее произращения, — как то: сахар, кофе, краски и другие, не осушившиеся еще от пота, слез и крови, их омывших при их возделании.

— Вообрази себе, — говорил мне некогда мой друг, — что кофе, налитый в твоей чашке, и сахар, распущенный в оном, лишали покоя тебе подобного человека, что они были причиною превосходящих его силы трудов, причиною его слез, стенаний, казни и поругания; дерзай, жестокосердный, усладить гортань твою. — Вид прещения, сопутствующий сему изречению, поколебнул меня до внутренности. Рука моя задрожала, и кофе пролился.

А вы, о жители Петербурга, питающиеся избытками изобильных краев отечества вашего, при великолепных пиршествах, или на дружеском пиру, или наедине, когда рука ваша вознесет первый кусок хлеба, определенный на ваше насыщение, остановитесь и помыслите. Не то же ли я вам могу сказать о нем, что друг мой говорил мне о произведениях Америки? Не потом ли, не слезами ли и стенанием утучнилися нивы, на которых оный возрос? Блаженны, если кусок хлеба, вами алкаемый, извлечен из класов, родившихся на ниве, казенною называемой, или по крайней мере на ниве, оброк помещику своему платящий. Но горе вам, если раствор его составлен из зерна, лежавшего в житнице дворянской. На нем почили скорбь и отчаяние; на нем знаменовалося проклятие Всевышнего, егда во гневе своем рек: проклята земля в делах своих. Блюдитеся, да не отравлены будете вожделенною вами пищею. Горькая слеза нищего тяжко на ней возлегает. Отрините ее от уст ваших; поститеся, се истинное и полезное может быть пощение.

Повествование о некотором помещике докажет, что человек корысти ради своей забывает человечество в подобных ему и что за примером жестокосердия не имеем нужды ходить в дальние страны, ни чудес искать за тридевять земель; в нашем царстве они в очью совершаются.

Некто, не нашед в службе, как то по просторечию называется, счастия, или не желая оного в ней снискать, удалился из столицы, приобрел небольшую деревню, например во сто или в двести душ, определил себя искать прибытка в земледелии. Не сам он себя определял к сохе, но вознамерился наидействительнейшим образом всевозможное сделать употребление естественных сил своих крестьян, прилагая оные к обработыванию земли. Способом к сему надежнейшим почел он уподобить крестьян своих орудиям, ни воли, ни побуждения не имеющим; и уподобил их действительно в некотором отношении нынешнего века воинам, управляемым грудою, устремляющимся на бою грудою, а в единственности ничего не значущим. Для достижения своея цели, он отнял у них малый удел пашни и сенных покосов, которые им на необходимое пропитание дают обыкновенно дворяне, яко в воздаяние за все принужденные работы, которые они от крестьян требуют. Словом, сей дворянин Некто всех крестьян, жен их и детей заставил во все дни года работать на себя. А дабы они не умирали с голоду, то выдавал он им определенное количество хлеба, под именем месячины известное. Те, которые не имели семейств, месячины не получали, а, по обыкновению лакедемонян, пировали вместе на господском дворе, употребляя, для соблюдения желудка, в мясоед пустые шти, а в посты и постные дни хлеб с квасом. Истинные розговины бывали разве на святой неделе.

Таковым урядникам производилася также приличная и соразмерная их состоянию одежда. Обувь для зимы, то есть лапти, делали они сами; онучи получали от господина своего; а летом ходили босы. Следственно, у таковых узников не было ни коровы, ни лошади, ни овцы, ни барана. Дозволение держать их господин у них не отымал, но способы к тому. Кто был позажиточнее, кто был умереннее в пище, тот держал несколько птиц, которых господин иногда бирал себе, платя за них цену по своей воле.

При таковом заведении неудивительно, что земледелие в деревне г. Некто было в цветущем состоянии. Когда у всех худой был урожай, у него родился хлеб сам-четверть; когда у других хороший был урожай, то у него приходил хлеб сам-десять и более. В недолгом времени к двумстам душам он еще купил двести жертв своему корыстолюбию; и, поступая с ними равно как и с первыми, год от году умножая свое имение, усугубляя число стенящих на его нивах. Теперь он считает их уже тысячами и славится как знаменитый земледелец.

Варвар! недостоин ты носить имя гражданина. Какая польза государству, что несколько тысяч четвертей в год более родится хлеба, если те, кои его производят, считаются наравне с волом, определенным тяжкую вздирати борозду? Или блаженство граждан в том почитаем, чтоб полны были хлеба наши житницы, а желудки пусты? чтобы один благословлял правительство, а не тысящи? Богатство сего кровопийца ему не принадлежит. Оно нажито грабежем и заслуживает строгого в законе наказания. И суть люди, которые, взирая на утученные нивы сего палача, ставят его в пример усовершенствования в земледелии. И вы хотите называться мягкосердными, и вы носите имена попечителей о благе общем. Вместо вашего поощрения к таковому насилию, которое вы источником государственного богатства почитаете, прострите на сего общественного злодея ваше человеколюбивое мщение. Сокрушите орудия его земледелия, сожгите его риги, овины, житницы и развейте пепл по нивам, на них же совершалося его мучительство, ознаменуйте его яко общественного татя, дабы всяк, его видя, не только его гнушался, но убегал бы его приближения, дабы не заразиться его примером.

ВЫДРОПУСК

Здесь я опять принялся за бумаги моего друга. В руки мне попалося начертание положения о уничтожении придворных чинов.

ПРОЕКТ В БУДУЩЕМ

Вводя нарушенное в обществе естественное и гражданское равенство постепенно паки, предки наши не последним способом почли к тому умаление прав дворянства. Полезно государству в начале своем личными своими заслугами, ослабело оно в подвигах своих наследственностию, и, сладкий при насаждении, его корень произнес наконец плод горький. На месте мужества водворилася надменность и самолюбие, на месте благородства души и щедроты посеялися раболепие и самонедоверие, истинные скряги на великое. Жительствуя среди столь тесных душ и подвизаемые на малости ласкательством наследственных достоинств и заслуг, многие государи возмнили, что они суть боги, и вся, его же коснутся, блаженно сотворят и пресветло. Тако и быть долженствует в деяниях наших, но токмо на пользу общую. В таковой дремоте величания власти возмечтали цари, что рабы их и прислужники, ежечасно предстоя взорам их, заимствуют их светозарности; что блеск царский, преломляяся, так сказать, в сих новых отсветках, многочисленнее является и с сильнейшим отражением. На таковой блуждения мысли воздвигли цари придворных истуканов, кои, истинные феатральные божки, повинуются свистку или трещотке. Пройдем степени придворных чинов и с улыбкою сожаления отвратим взоры наши от кичащихся служением своим, но возрыдаем, видя их предпочитаемых заслуге. Дворецкий мой, конюший и даже конюх и кучер, повар, крайчий, птицелов с подчиненными ему охотниками, горничные мои прислужники, тот, кто меня бреет, тот, кто чешет власы моея, тот, кто пыль и грязь отирает с обуви моей, о многих других не упоминая, равняются или председают служащим отечеству силами своими душевными и телесными, не щадя ради отечества ни здравия своего ни крови, возлюбляя даже смерть ради славы государства. Какая вам в том польза, что в доме моем господствуют чистота и опрятность? Сытее ли вы накормитеся, буде кушанье мое лучше вашего приготовлено и в сосудах моих лиется вино из всех концов вселенныя? Укроется ли в шествии вашем от неприязненности погоды, буде колесница моя позлащенна и кони мои тучны? Лучший ли даст нива вам плод, луга ваши больше ли позеленеют, буде потопчутся на ловитве зверей, в мое увеселение? Вы улыбнетеся с чувствованием жалости. Но нередкий в справедливом негодовании своем скажет нам: тот, кто рачит о устройстве твоих чертогов, тот, кто их нагревает, тот, кто огненную пряность полуденных растений сочетает с хладною вязкостию северных туков для услаждения расслабленного твоего желудка и оцепенелого твоего вкуса; тот, кто воспеняет в сосуде твоем сладкий сок африканского винограда; тот, кто умащает окружие твоей колесницы, кормит и напояет коней твоих; тот, кто во имя твое кровавую битву ведет со зверями дубравными и птицами небесными; все сии тунеядцы, все сии лелеятели, как и многие другие, твоея надменности, высятся надо мною; над источившим потоки кровей на ратном поле, над потерявшим нужнейшие члены тела моего, защищая грады твои и чертоги, в них же сокрытая твоя робость завесою величавости мужеством казалася; над провождающим дни веселий, юности и утех во сбережении малейшия полушки, да облегчится, елико то возможно, общее бремя налогов; над неравчившим о имении своем, трудяся денно-нощно в снискании средств к достижению блаженств общественных; над попирающим родство, приязнь, союз сердца и крови, вещая правду на суде во имя твое, да возлюблен будеши. Власы белеют в подвигах наших, силы истощеваются в подъемлемых нами трудах, и при воскраии гроба едва возмогаем удостоиться твоего благоволения; а сии упитанные тельцы сосцами нежности и пороков, сии незаконные сыны отечества наследят в стяжании нашем.

Тако и более еще по справедливости возглаголют от вас многие. Что дадим мы, владыки сил, в ответ? Прикроем бесчувствием уничижение наше, и видится воспаленна ярость в очах наших на вещающих сице. Таковы бывают нередко ответы наши вещанием истины. И никто да не дивится сему, когда наилучший между нами дерзает таковая; он живет с ласкателями, беседует с ласкателями, спит в лести, хождает в лести. И лесть и ласкательство соделают его глуха, слепа и неосязательна.

Но да не падет на нас таковая укоризна. С младенчества нашего возненавидев ласкательство, мы соблюли сердце наше от ядовитой его сладости, даже до сего дня; и ныне новый опыт в любви нашей к вам и преданности явен да будет. Мы уничтожаем ныне сравнение царедворского служения с военным и гражданским. Истребися на памяти обыкновенное, во стыд наш толико лет существовавшее. Истинные заслуги и достоинства, рачение о пользе общей да получают награду в трудах своих и едины да отличаются.

Сложив с сердца нашего столь несносное бремя, долговременно нас теснившее, мы явим вам наши побуждения на уничтожение толь оскорбительных для заслуги и достоинства чинов. — Вещают вам, и предки наши тех же были мыслей, что царский престол, коего сила во мнении граждан коренится, отличествовати долженствует внешним блеском, дабы мнение о его величестве было всегда всецело и ненарушимо. Оттуда пышная внешность властителей народов, оттуда стадо рабов, их окружающих. Согласиться всяк должен, что тесные умы и малые души внешность поражать может. Но чем народ просвещеннее, то есть чем более особенников в просвещении, тем внешность менее действовать может. Нума мог грубых еще римлян уверить, что нимфа Егерия наставляла его в его законоположениях. Слабые перуанцы охотно верили Манко Капаку, что он сын солнца и что закон его с небеси истекает. Магомет мог прельстить скитающихся аравитян своими бреднями. Все они употребляли внешность, даже Моисей принял скрыжали заповедей на горе среди блеску молнии. Но ныне, буде кто прельстити восхощет, не блистательная нужна ему внешность, но внешность доводов, если так сказать можно, внешность убеждений. Кто бы восхотел ныне послание свое утвердить свыше, тот употребит более наружность полезности, и тою все тронутся. Мы же, устремляя все силы наши на пользу всех и каждого, почто нам блеск внешности? не полезности ли наших постановлений, ко благу государства текущею, облистает наше лице? Всяк, взирающий на нас, узрит наше благомыслие, узрит в подвиге нашем свою пользу и того ради нам поклонится, не яко во ужасе шествующему, но седящему во благости. Если бы древние персы управлялися всегда щедротою, не бы возмечтали быти Ариману или ненавистному началу зла. Но если пышная внешность нам бесполезна, колико вредны в государстве быть могут ее оберегатели. Единственною должностию во служении своем имея угождение нам, колико изыскательны будут они во всем том, что нам нравиться может. Желание наше будет предупреждено, но не токмо желанию не допустят возродиться в нас, но даже и мысли, зане готово уже ей удовлетворение. Воззрите со ужасом на действие таковых угождений. Наитвердейшая душа во правилах своих позыбнется, приклонит ухо ласкательному сладкопению, уснет. И ее сладостные чары обыдут разум и сердце. Горесть и обида чуждые едва покажутся нам преходящими недугами; скорбети о них почтем или неприличным, или же противным и воспретим даже жаловатися о них. Язвительнейшие скорби и раны, и самая смерть покажутся нам необходимыми действиями течения вещей и, являяся нам позади непрозрачныя завесы, едва возмогут ли в нас произвести то мгновенное движение, какое производят в нас феатральные представления. Зане стрела болезни и жало зла не в нас дрожит вонзенное.

Се слабая картина всех пагубных следствий пышного царей действия. Не блаженны ли мы, если возмогли укрыться от возмущения благонамерений наших? Не блаженны ли, если и заразе примера положили преграду? Надежны в благосердии нашем, надежны не в разврате со вне, надежны во умеренности ваших желаний, возблагоденствуем снова и будем примером позднейшему потомству, како власть со свободою сочетать должно на взаимную пользу.

ТОРЖОК

Здесь на почтовом дворе, встречен я был человеком, отправляющимся в Петербург на скитание прощения. Сие состояло в снискании дозволения завести в сем городе свободное книгопечатание. Я ему говорил, что на сие дозволения не нужно, ибо свобода на то дана всем. Но он хотел свободы в ценсуре, и вот его о том размышлении.

Типографии у нас всем иметь дозволено, и время то прошло, в которое боялися поступаться оным дозволением частным людям; и для того, что в вольных типографиях ложные могут печатаны быть пропуски, удерживались от общего добра и полезного установления. Теперь свободно иметь всякому орудии печатания, но то, что печатать можно, состоит под опекою. Ценсура сделана нянькою рассудка, остроумия, воображения, всего великого и изящного. Но где есть няньки, то следует, что есть ребята, ходят на помочах, отчего нередко бывают кривые ноги; где есть опекуны, следует, что есть малолетние, незрелые разумы, которые собою править не могут. Если же всегда пребудут няньки и опекуны, то ребенок долго ходить будет на помочах и совершенный на возрасте будет калека. Недоросль будет всегда Митрофанушка, без дядьки не ступит, без опекуна не может править своим наследием. Таковы бывают везде следствия обыкновенной ценсуры, и чем она строже, тем следствия ее пагубнее. Послушаем Гердера.

"Наилучший способ поощрять доброе есть непрепятствие, дозволение, свобода в помышлениях. Розыск вреден в царстве науки: он сгущает воздух и запирает дыхание. Книга, проходящая десять цензур, прежде нежели достигнет света, не есть книга, но поделка святой инквизиции; часто изуродованный, сеченный батожьем, с кляпом во рту узник, а раб всегда... В областях истины, в царстве мысли и духа не может никакая земная власть давать решений и не должна; не может того правительство, менее еще его цензор, в клобуке ли он или с тямликом[1]. В царстве истины он не судия, но ответчик, как и сочинитель. Исправление может только совершиться просвещением; без главы и мозга не шевельнется ни рука, ни нога... Чем государство основательнее в своих правилах, чем стройнее, светлее и тверже оно само в себе, тем менее может оно позыбнуться и стрястися от дуновения каждого мнения, от каждой насмешки разъяренного писателя; тем более благоволит оно в свободе мыслей и в свободе писаний, а от нее под конец прибыль, конечно, будет истине. Губители бывают подозрительны; тайные злодеи робки. Явный муж, творяй правду и твердый в правилах своих, допустит о себе глагол всякий. Хождает он во дни и на пользу себе строит клевету своих злодеев. Откупы в помышлениях вредны... Правитель государства да будет беспристрастен во мнениях, дабы мог объяти мнения всех и оные в государстве своем дозволять, просвещать и наклонять к общему добру: оттого-то истинно великие государи столь редки".

Правительство, дознав полезность книгопечатания, оное дозволило всем; но, паче еще дознав, что запрещение в мыслях утщетит благое намерение вольности книгопечатания, поручило цензуру или просмотр за изданиями управе благочиния. Долг же ее в отношении сего может быть только тот, чтобы воспрещать продажу язвительных сочинений. Но и сия цензура есть лишняя. Один несмысленный урядник благочиния может величайший в просвещении сделать вред и на многие лета остановку в шествии разума, запретит полезное изобретение, новую мысль и всех лишит великого. Пример в малости. В управу благочиния принесен для утверждения перевод романа. Переводчик, следуя автору, говоря о любви, назвал ее лукавым богом. Мундирный цензор, исполненный духа благоговения, сие выражение почернил, говоря: "неприлично божество называть лукавым". Кто чего не разумеет, тот в то да не мешается. Если хочешь благорастворенного воздуха, удали от себя коптильню; если хочешь света, удали затмевание; если хочешь, чтобы дитя не было застенчиво, то

<hr>

1. Т.е. монах ли он или военный.

выгони лозу из училища. В доме, где плети и батожье в моде, там служители пьяницы, воры и того еще хуже[1].

Пускай печатают все, кому что на ум ни взойдет. Кто себя в печати найдет обиженным, тому да дастся суд по форме. Я говорю не смехом. Слова не всегда суть деяния, размышления же не преступления. Се правила Наказа о новом уложении. Но брань на словах и в печати всегда брань. В законе никого бранить не велено, и всякому свобода есть жаловаться. Но если кто про кого скажет правду, бранью ли то почитать, того в законе нет. Какой вред может быть, если книги в печати будут без клейма полицейского? Не токмо не может быть вреда, но польза; польза от первого до последнего, от малого до великого, от царя до последнейшего гражданина.

Обыкновенные правила цензуры суть: почеркивать, марать, не дозволять, драть, жечь всё то, что противно естественной религии и откровению, всё то, что противно правлению, всякая личность, противное благонравию, устройству и тишине общей. Рассмотрим сие подробно. Если безумец в мечтании своем, не токмо в сердце, но громким гласом речет: "несть Бога", в устах всех безумных раздается громкое и поспешное эхо: "несть Бога, несть Бога". Но что ж из того? Эхо — звук; ударит в воздух, позыбнет его и исчезнет. На разуме редко оставит черту, и то слабую; на сердце же никогда. Бог всегда пребудет Бог, ощущаем и неверующим в него. Но если думаешь, что хулением всевышний оскорбится, — урядник ли благочиния может быть за него истец? Всесильный звонящему в трещотку или биющему в набат доверия не даст. Возгнушается метатель грома и молнии, ему же все стихии повинуются, возгнушается колеблющий сердца из-за пределов вселенныя дать мстити за себя и самому царю, мечтающему быти его на земле преемником. — Кто ж может быть судиею в обиде отца предвечного? — Тот его обижает, кто, мнит, возможет судити о его обиде. Тот даст ответ пред ним.

Отступники откровенной религии[2] более доселе в России делали вреда, нежели непризнаватели бытия Божия, афеисты. Таковых у нас мало: ибо мало у нас еще думают о метафизике. Афеист заблуждает в метафизике, а раскольник в трех пальцах. Раскольниками называем мы всех россиян, отступающим в чем-

---

1 Такого же роду цензор не дозволял, сказывают, печатать те сочинения, где упоминалося о Боге, говоря: я с ним дела никакого не имею. Если в каком-либе сочинении порочили народные нравы того или другого государства, он недозволенным сие почитал, говоря: Россия имеет тракт дружбы с ним. Если упоминалося где о князе или графе, того не дозволял он печатать, говоря: сие есть личность, ибо у нас есть князья и графы между знатными особами. (*Примечания Радищева.*)

2. То есть раскольники.

либо от общего учения греческия церкви. Их в России много, и для того служение им дозволяется. Но для чего не дозволять всякому заблуждению быть явному? Явнее оно будет, скорее сокрушится. Гонении делали мучеников; жестокость была подпорою самого христианского закона. Действия расколов суть иногда вредны. Воспрети их. Проповедаются они примером. Уничтожь пример. От печатной книги раскольник не бросится в огонь, но от ухищренного примера. Запрещать дурачество есть то же, что его поощрять. Дай ему волю; всяк увидит, что глупо и что умно. Что запрещено, того и хочется. Мы все Евины дети.

Но, запрещая вольное книгопечатание, робкие правительства не богохуления боятся, но боятся сами иметь порицателей. Кто в часы безумия не щадит Бога, тот в часы памяти и рассудка не пощадит незаконной власти. Но боя[щи]йся громов всесильного смеется виселице. Для того-то вольность мыслей правительствам страшна. До внутренности потрясенный вольнодумец прострет дерзкую, но мощную и незыбкую руку к истукану власти, сорвет ее личину и покров и обнажит ее состав. Всяк узрит бренные его ноги, всяк возвратит к себе данную им ему подпору, сила возвратится к источнику, истукан падет. Но если власть не на тумане мнений восседает, если престол ее на искренности и истинной любви общего блага возник, — не утвердится ли паче, когда основание его будет явно, не возлюбится ли любящий искренно? Взаимность есть чувствование природы, и стремление сие почило в естестве. Прочному и твердому зданию довольно его собственного основания: в опорах и контрфорсах ему нужды нет. Если позыбнется оно от ветхости, тогда только побочные тверди ему нужны. Правительство да будет истинно, вожди его нелицемерны; тогда все плевелы, тогда все изблевании смрадность свою возвратят на извергателя их; а истина пребудет всегда чиста и беловидна. Кто возмущает словом (да назовем так в угодность власти все твердые размышления, на истине основанные, власти противные), есть такой же безумец, как и хулу глаголяй на Бога. Буде власть шествует стезею, ей назначенной, то не возмутится от пустого звука клеветы, яко же Господь сил не тревожится хулением. Но горе ей, если в жадности своей ломит правду. Тогда и едина мысль твердости ее тревожит; глагол истины ее сокрушит, деяние мужества ее разсеет.

Личность, но язвительная личность, есть обида. Личность в истине столь же дозволительна, как и самая истина. Если ослепленный судия судит в неправду и защитник невинности издаст в свет его коварный приговор, если он покажет его ухищрение и неправду, то будет сие личность, но дозволенная; если он его назовет судиею наемным, ложным, глупым — есть личность, но дозволить можно. Если же называть его станет именованиями смрадными и бранными словами поносить, как то на рынках употребительно, то сие есть личность, но язвительная и недозволенная. Но не правительства дело вступаться за судию, хотя бы он поносился и в правом деле. Не судия да будет в том истец, но оскорбленное лице. Судия же пред светом и пред поставившим его судиею да оправдится едиными делами[1]. Тако долженствует судить о личности. Она наказания достойна, но в печатании более пользы устроит, а вреда мало. Когда всё будет в порядке, когда решения всегда будут в законе, когда закон основан будет на истине и заклепется удручение, тогда разве, тогда личность может сделать разврат. Скажем нечто о благонравии и сколько слова ему вредят.

Сочинения любострастные, наполненные похотливыми начертаниями, дышущие развратом, коего все листы и строки стрекательною наготою зияют, вредны для юношей и незрелых чувств. Распламеняя воспаленное воображение, тревожа спящие чувства и возбуждая покоящееся сердце, безвременную наводят возмужалость, обманывая юные чувства в твердости их и заготовляя им дряхлость. Таковые сочинения могут быть вредны; но не они разврату корень. Если, читая их, юноши пристрастятся к крайнему услаждению любовной страсти, то не могли бы того произвести в действие, не были бы торгующие своею красотою. В России таковых сочинений в печати еще нет, а на каждой улице в обеих столицах видим раскрашенных любовниц. Действие более развратит, нежели слово, и пример паче всего. Скитающиеся любовницы, отдающие сердца свои с публичного торга наддателю, тысячу юношей заразят язвою и всё будущее потомство тысячи сея; но книга не давала еще болезни. Итак ценсура да останется на торговых девок, до произведений же, развратного хотя разума, ей дела нет.

Заключу сим: ценсура печатаемого принадлежит обществу, оно дает сочинителю венец или употребит листы на обвертки. Равно как ободрение феатральному сочинению дает публика, а не директор феатра, так и выпускаемому в мир сочинению ценсор ни славы не даст ни бесславия. Завеса поднялась, взоры всех устремились к действованию; нравится — плещут, не нравится — стучат и свищут. Оставь глупое на волю суждения общего;

---

1 Г. Д и к и н с о н, имевший участие в бывшей в Америке перемене и тем прославившийся, будучи после в Пенсильвании президентом, не возгнушался сражаться с наступившими на него. Изданы были против него наижесточайшие листы. Первейший градоначальник области нисшел в ристалище, издал в печать свое защищение. оправдался, опроверг доводы своих противников и их устыдил... Се пример для последования, как мстить должно, когда кто кого обвиняет пред светом печатным сочинением. Если кто свирепствует против печатныя строки, тот заставляет мыслить, что печатанное истинно, а мстящий таков, как о нем напечатано. (*Прим. Радищева*)

оно тысячу найдет ценсоров. Наистрожайшая полиция не возможет так запретить дряни мыслей, как негодующая на нее публика. Один раз им возьмут, потом умрут они и не воскреснут вовеки. Но если мы признали бесполезность ценсуры или паче ее вред в царстве науки, то познаем обширную и беспредельную пользу вольности печатания.

Доказательства сему, кажется не нужны. Если свободно всякому мыслить и мысли свои объявлять всем беспрекословно, то естественно, что всё, что будет придумано, изобретено, то будет известно; великое будет велико, истина не затмится. Не дерзнут правители народов удалиться от стези правды и убоятся; ибо пути их, злость и ухищрение обнажатся. Вострепещет судия, подписывая неправедный приговор, и его раздерет. Устыдится власть имеющий употреблять ее на удовлетворение только своих прихотей. Тайный грабеж назовется грабежом, прикрытое убийство — убийством. Убоятся все злые строгого взора истины. Спокойствие будет действительное, ибо заквасу в нем не будет. Ныне поверхность только гладка, но ил, на дне лежащий, мутится и тмит прозрачность вод.

Прощаяся со мною, порицатель ценсуры дал мне небольшую тетрадку. Если, читатель, ты нескучлив, то читай, что перед тобою лежит. Если же бы случилось, что ты сам принадлежишь к ценсурному комитету, то загни лист и скачи мимо.

КРАТКОЕ ПОВЕСТВОВАНИЕ
О ПРОИСХОЖДЕНИИ ЦЕНСУРЫ

Если мы скажем и утвердим ясными доводами, что ценсура с инквизициею принадлежат к одному корню; что учредители инквизиции изобрели ценсуру, то есть рассмотрение приказное книг до издания их в свет, то мы хотя ничего не скажем нового, но из мрака протекших времен извлечем, вдобавок многим другим, ясное доказательство, что священнослужители были всегда изобретатели оков, которыми отягчался в разные времена разум человеческий, что они подстригали ему крылие, да не обратит полет свой к величию и свободе.

Проходя протекшие времена и столетия, мы везде обретаем терзающие черты власти, везде зрим силу, возникающую на истину, иногда суеверие, ополчающееся на суеверие. Народ афинский, священнослужителями возбужденный, писания Протагоровы запретил, велел все списки оных собрать и сжечь. Не он ли, в безумии своем, предал смерти, на незагладимое вовеки себе поношение, вочеловеческую истину — Сократа? В Риме находим мы больше примеров такого свирепствования. Тит Ливий повествует, что найденные во гробе Нумы писания были сожжены повелением Сената. В разные времена случалось, что книги гадательные велено было относить к претору. Светоний повествует, что кесарь Август таковых книг велел сжечь до двух тысяч. Еще пример несообразности человеческого разума! Неужели, запрещая суеверные писания, властители сии думали, что суеверие истребится? Каждому в особенности своей воспрещали прибегнуть к гаданию, совершаемому нередко на обуздание токмо мгновенной грызущей скорби, оставляли явные и государственные гадания авгуров и аруспициев. Но если бы во дни просвещения возмнили книги, учащие гаданию или суеверие проповедующие, запрещать или жечь, не смешно ли бы было, чтобы истина приняла жезл гонения на суеверие? чтоб истина искала на поражение заблуждения опоры власти и меча, когда вид ее один есть наижесточайший бич на заблуждение?

Но кесарь Август не на гадания одни простер свои гонения: он велел сжечь книги Тита Лабиения. "Злодеи его, — говорит Сенека-ритор, — изобрели для него сие нового рода наказание. Неслыханное дело и необычайное — казнь извлекать из учения. Но, по счастию государства, сие разумное свирепствование изобретено после Цицерона. Что быть бы могло, если бы троеначальники за благо положили осудить разум Цицерона?" Но мучитель скоро отмстил за Лабиения тому, кто исходатайствовал сожжение его сочинений. При жизни своей видел он, что и его сочинения преданы были огню[1]. "Не злому какому примеру тут следовало, — говорит Сенека, — его собственному". Даждь небо, чтобы зло всегда обращалось на изобретателя его и чтобы воздвигший гонение на мысль зрел всегда свои осмеянными, в поругании и на истребление осужденными! Если мщение когда-либо извинительно быть может, то разве сие.

Во время народного правления в Риме гонение такового рода обращалось только на суеверие, но при императорах простерлось оно на все твердые мысли. Кремуций Корд в истории своей назвал Кассия[2], дерзнувшего осмеять мучительство Августово на Лабиениевы сочинения, последним римлянином. Римский сенат, ползая пред Тиверием, велел за угождение ему Кремуциеву книгу сжечь. Но многие с оной осталися списки. "Тем паче, — говорит Тацит, — смеяться можно над попечением тех,

---

[1] Сочинения Ария Монтана, издавшего в Нидерландах первый реестр запрещенным книгам, вмещены были в тот же реестр. (*Прим. Радищева*).

[2] Кассий Север, друг Лабиения, видя писания его в огне, сказал: "Теперь меня сжечь надлежит, ибо я их наизусть знаю". Сие подало случай при Августе к законоположению о поносительных сочинениях, которые по природному человеку обезьянству принято в Англии и в других государствах. (*Прим. Радищева*).

кои мечтают, что всемогуществом своим могут истребить воспоминание следующего поколения. Хотя власть бешенствует на казнь рассудка, но свирепствованием своим себе устроила стыд и посрамление, им славу".

Не избавились сожжения книги иудейские при Антиохе Епифане, царе сирском. Равной с ним подвержены были участи сочинения христиан. Император Диоклитиан книги священного писания велел предать сожжению. Но христианский закон, одержав победу над мучительством, покорил самих мучителей и ныне остается во свидетельство неложное, что гонения на мысли и мнения не токмо не в силах оные истребить, но укоренят их и распространят. Ариобий справедливо восстает противу такового гонения и мучительства. "Иные вещают, — говорит он: — полезно для государства, чтобы сенат истребить велел писания, в доказательство христианского исповедания служащие, которые важность опровергают древния религии. Но запрещать писания и обнародованное хотеть истребить, не есть защищать богов, но бояться истины свидетельствования". Но по распространении христианского исповедания священнослужители оного толико же стали злобны против писаний, которые были им противны и не в пользу. Недавно порицали строгость сию в язычниках, недавно почитали ее знаком недоверия к тому, что защищали, но скоро сами ополчились всемогуществом. Греческие императоры, занимаяся более церковными прениями, нежели делами государственными, а потому управляемые священниками, воздвигли гонение на всех тех, кто деяния и учения Иисусовы понимал с нами различно. Таковое гонение распростерлося и на произведение рассудка и разума. Уже мучитель Константин, Великим названный, следуя решению Никейского собора, предавшему Ариево учение проклятию, запретил его книги, осудил их на сожжение, а того, кто оные книги иметь будет, — на смерть. Император Феодосий II проклятые книги Нестория велел все собрать и предать огню. На Халкидонском соборе то же положено в писаниях Евтихия. В Пандектах Юстиниановых сохранены некоторые таковые решения. Несмысленные! Не ведали, что, истребляя превратное или глупое истолкование христианского учения и запрещая разуму трудитися в исследовании каких-либо мнений, они останавливали его шествие; у истины отнимал сильную опору: различие мнений, прения и невозбранное мыслей своих изречение. Кто может за то поручиться, что Несторий, Арий, Евтихий и другие еретики быть бы могли предшественниками Лутера, и, если бы вселенские соборы не были созваны, что бы Декарт родиться мог десять столетий прежде? Какой шаг вспять сделан ко тьме и невежеству!

По разрушении Римския империи монахи в Европе были хранители учености и науки. Но никто у них не оспоривал свободы писать, что они желали. В 768 году Амвросий Оперт, монах бенедиктинский, посылая толкование свое на Апокалипсис к папе Стефану III и прося дозволения о продолжении своего труда и о издании его в свет, говорит, что он первый из писателей просит такового дозволения. "Но да не исчезнет, — прдолжает он, — свобода в писании для того, что уничижение поклонилося непринужденно". Собор Санский в 1140 году осудил мнения Абелардовы, а папа сочинения его велел сжечь.

Но ни в Греции, ни в Риме, нигде примера не находим, чтобы избран был судия мысли, чтобы кто дерзнул сказать: у меня просите дозволения, если уста ваши отверзать хотите на велеречие; у нас клеймится разум, науки и просвещение, и все, что без нашего клейма явится в свет, объявляем заранее глупым, мерзким, негодным. Таковое постыдное изобретение предоставлено было христианскому священству, и ценсура была современна инквизиции.

Нередко, проходя историю, находим разум суеверию, изобретения наиполезнейшие современниками грубейшему невежеству. В то время как боязливое недоверие к вещи утверждаемой побудило монахов учредить ценсуру и мысль истреблять в ее рождении, в то самое время дерзал Колумб в неизвестность морей на искание Америки; Кеплер предузнавал бытие притяжательной в природе силы, Ньютоном доказанной; в то же время родился начертавший в пространстве путь небесным телесам — Коперник. Но к вящшему сожалению о жребии человеческого умствования скажем, что мысль великая рождала иногда невежество. Книгопечатание родило ценсуру; разум философский в XVIII столетии произвел иллуминатов.

В 1479 году находим древнейшее доселе известное дозволение на печатание книги. На конце книги под заглавием: "Знай сам себя", печатанной в 1480 году, присоединено следующее: "Мы, Морфей Жирардо, Божиим милосердием патриарх Венецианский, первенствующий в Далматии, по прочтении вышеписанных господ, свидетельствующих о вышеписанном творении, и по таковому же оного заключению и присоединенному доверению также свидетельствуем, что книга сия православна и богобоязлива". Древнейший монумент ценсуры, но не древнейший безумия!

Древнейшее о ценсуре узаконение, доселе известное, находим в 1486 году, изданное в самом том городе, где изобретено книгопечатание. Предузнавали монашеские правления, что оно будет орудием сокрушения их власти, что оно ускорит разверение общего рассудка, и могущество, на мнении, а не на пользе общей основанное, в книгопечатании обрящет свою кончину. Да позволят нам здесь присовокупить памятник, ныне еще существующий на пагубу мысли и на посрамление просвещения.

Указ о неиздании книг греческих, латинских и пр. на народном языке без предварительного ученых удостоения 1486 года:[1]

"Бертольд, Божию милостию святыя Маинцкия епархии архиепископ, в Германии архиканцлер и курфирст. Хотя для приобретения человеческого учения чрез божественное печатания искусство возможно с изобилием и свободнее получать книги, до разных наук касающиеся, но до сведения нашего дошло, что некоторые люди, побуждаемые суетныя славы или богатства желанием, искусство сие употребляют во зло и данное для научения в житии человеческом обращают на пагубу и злоречие.

"Мы видели книги, до священных должностей и обрядов исповедания нашего касающиеся, переведенные с латинского на немецкий язык и неблагопристойно для святого закона в руках простого народа обращающиеся; что ж сказать наконец о предписаниях святых правил и законоположений: хотя они людьми искусными в законоучении, людьми мудрейшими и красноречивейшими писаны разумно и тщательно, но наука само по себе толико затруднительна, что красноречивейшего и ученейшего человека едва на оную достаточна целая жизнь.

"Некоторые глупые, дерзновенные и невежды попускаются переводить на общий язык таковые книги. Многие ученые люди, читая переводы сии, признаются, что ради великой несвойственности и худого употребления слов они непонятнее подлинников. Что же скажем о сочинениях, до других наук касающихся, в которые часто вмешивают ложное, надписывают ложными названиями и тем паче славнейшим писателям приписывают свои вымыслы, чем более находится покупщиков.

"Да вещают таковые переводчики, если возлюбляют истину, с каким бы намерением то ни делали, с добрым или худым, до того нет нужды; да вещают, немецкий язык удобен ли к преложению на оный того, что греческие и латинские изящные писатели о вышних размышлениях христианского исповедания и о науках писали точнейше и разумнейше? Признаться надлежит, скудости ради своей, язык наш на сказанное недостаточен весьма, и нужно для того, чтобы они неизвестные имена вещам в мозгу своем сооружали; или, если употребят древние, то испортят истинный смысл, что наипаче опасаемся в писаниях священных в рассуждении их важности. Ибо грубым и неученым людям и женскому полу, в руки которых попадутся книги священные, кто покажет истинный смысл? Рассмотри святого Евангелия строки или

---

1 Кодекс дипломатический, изданный Гуденом. Том IV. (*Прим. Радищева*).

Послания апостола Павла, всяк разумный признается, что много в них прибавлений и исправлений писцовых.

"Сказанное нами довольно известно. Что же помыслим о том, что в писателях кафолическия церкви находится зависящее от строжайшего рассмотрения? Многое в пример поставить можем, но для сего намерения довольно уже нами сказанного.

"Понеже начало сего искусства в славном нашем граде Майнце, скажем истинным словом, божественно явилося и ныне в оном исправленно и обогащенно пребывает, то справедливо, чтобы мы в защиту нашу приняли важность сего искусства. Ибо должность наша есть сохранять святые писания в нерастленной непорочности. Сказав таким образом о заблуждениях и о продерзостях людей наглых и злодеев, желая, елико нам возможно, пособием господним, о котором дело здесь, предупредить и наложить узду всем и каждому, церковным и светским нашей области подданным и вне пределов оныя торгующим, какого бы они звания и состояния не были, — сим каждому повелеваем, чтобы никакое сочинение в какой бы науке, художестве или знании ни было, с греческого, латинского или другого языка переводимо не было на немецкий язык или уже переведенное, с переменою токмо заглавия или чего другого, не было раздаваемо или продаваемо явно или скрытно, прямо или посторонним образом, если до печатания или после печати до издания в свет не будет иметь отверстого дозволения на печатание или издание в свет от любезных нам светлейших и благородных докторов и магистров университетских, а именно: во граде нашем Майнце — от Иоганна Бертрама де Наумбурха в касающемся до богословии, от Александра Дидриха в законоучении, от Федорика де Мешедя во врачебной науке, от Андрея Елера во словесности, избранных для сего в городе нашем Ерфурте докторов и магистров. В городе же Франкфурте, если таковые на продажу изданные книги не будут смотрены и утверждены почтенным и нам любезным одним богословия магистром и одним или двумя докторами и лиценциатами, которые от думы оного города на годовом жалованье содержимы быть имеют.

"Если кто сие наше попечительное постановление презрит или против такового нашего указа подаст совет, помощь или благоприятство своим лицем или посторонним, — тем самым подвергает себя осуждению на проклятие, да сверх того лишен быть имеет тех книг и заплатит сто золотых гульденов пени в казну нашу. И сего решения никто без особого повеления да нарушить не дерзает. Дано в замке С.-Мартына, во граде нашем Майнце, с приложением печати нашей. Месяца януария, в четвертый день 1486 года".

Его же о предыдущем, каким образом отправлять цензуру:

"Лета 1486 Бертольд и пр. Почтеннейшим, ученейшим и любезнейшим нам во Христе И. Бертраму богословия, А. Дидриху законоучения, Ф. де Мешеде, врачевания докторам и А. Елеру словесности магистру, здравие и к нижеписанному прилежание.

"Известившись о соблазнах и подлогах, от некоторых в науках переводчиков и книгопечатанников происшедших, и желая оным предвратить и заградить путь по возможности, повелеваем: да никто в епархии и области нашей не дерзает переводить книги на немецкий язык, печатать или печатные раздавать, доколе таковые сочинения или книги в городе нашем Майнце не будут рассмотрены вами и касательно до самой вещи, доколе не будут в переводе и для продажи вами утверждены, согласно с вышеобъявленным указом.

"Надеяся твердо на ваше благоразумие и осторожность, мы вам поручаем: когда назначаемые к переводу, печатанию или продаже сочинения или книги к вам принесены будут, то вы рассмотрите их содержание и, если нелегко можно дать им истинный смысл, или могут возродить заблуждения и соблазны, или оскорбить целомудрие, то оные отвергните; те, которые вы отпустите свободными, имеете вы подписать своеручно, а именно на конце двое от вас, дабы тем виднее было, что книги вами смотрены и утверждены. Богу нашему и государству любезную и полезную должность отправляйте. Дан в замке С.-Мартына, 10 януария 1486 года".

Рассматривая сие новое по тогдашнему времени законоположение, находим, что оно клонилося более на запрещение, чтобы мало было книг печатано на немецком языке или, другими словами, чтобы народ пребывал в невежестве. На сочинения, на латинском языке писанные, цензура, кажется, не распространялася. Ибо те, которые были сведущи в языке латинском, казалось были уже ограждены от заблуждения, ему неприступны и что читали, понимали ясно и некриво[1]. Итак священники хотели, чтобы одни причастники их власти были просвещены, чтобы народ науку почитал божественного происхождения, превыше его понятия, и не смел бы оныя коснуться. Итак изобретенное на заключение истины и просвещения в теснейшие пределы, изобретенное недоверяющею властию ко своему могуществу, изобретенное на продолжение невежества и мрака, ныне во дни наук и любомудрия, когда разум отряс несродные ему пути суеверия, когда истина блистает столично паче и паче, когда источник учения протекает до дальнейших отраслей общества, когда старания правительств стремятся на истребление заблуждений и на

---

1. Сравнить с ним можно дозволение иметь книги иностранные всякого рода и запрещение таковых же на языке народном. *(Прим. Радищева)*.

отверстие беспрепкновенных путей рассудку к истине, — постыдное монашеское изобретение трепещущей власти принято ныне повсеместно, укоренено и благою приемлется преградою блужденью. Неистовые! осмотритесь, вы стяжаете превратностию дать истине опору, вы заблуждением хотите просвещать народы. Блюдитеся убо, да не возродится тьма. Какая вам польза, что властвовати будете над невеждами, тем паче загрубелыми, что не от недостатка пособий к просвещению невежды пребыли в невежестве природы или паче в естественной простоте, но, сделав уже шаг к просвещению, остановлены в шествии и обращены вспять, во тьму гонимы? Какая в том вам польза боротися самим с собою и исторгать шуйцею, что десницею насадили? Воззрите на веселящееся о сем священство. Вы заранее уже ему служите. Прострите тьму и почувствуйте на себе оковы, — если не всегда оковы священного суеверия, то суеверия политического, не столь хотя смешного, не столь же пагубного.

По счастию однако же общества, что не изгнали из областей ваших книгопечатание. Яко древо, во всегдашней весне насажденное, не теряет своея зелености, тако орудия книгопечатания остановлены могут быть в действии, но не разрушены.

Папы, уразумев опасность их власти, от свободы печатания родиться могущей, не укоснили законоположить о ценсуре, и сие положение прияло силу общего закона на бывшем вскоре потом соборе в Риме. Священный Тиверий, папа Александр VI, первый из пап законоположил о ценсуре в 1507 году. Сам согбенный под всеми злодеяниями, не устыдился пещися о непорочности исповедания христианского. Но власть когда краснела! Буллу свою начинает он жалобою на диавола, который куколь сеет во пшеницу, и говорит: "Узнав, что посредством сказанного искусства многие книги и сочинения в разных частях света, напечатав в Кёльне, Майнце, Триере, Магдебурге напечатанные, содержат в себе разные заблуждения, учения пагубные, христианскому закону враждебные, и ныне еще в некоторых местах печатаются, желаю без отлагательства предварить сей ненавистной язве, всем и каждому сказанного искусства печатникам и к ним принадлежащим и всем, кто в печатном деле обращается в помянутых областях, под наказанием проклятия и денежныя пени, определяемой и взыскиваемой почтенными братиями нашими, Кёльнским, Майнцким, Триерским и Магдебургским архиепископами или их наместниками в областях их, в пользу апостольской камеры, апостольскою властию наистрожайше запрещаем, чтобы не дерзали книг, сочинений или писаний печатать или отдавать в печать без доклада вышесказанным архиепископам или наместникам и без их особливого и точного безденежно испрошенного дозволения; их же совесть обременяем, да прежде нежели дадут таковое дозволение, назначенное к печатанию прилежно рассмотрят или чрез ученых и православных велят рассмотреть и да прилежно пекутся, чтобы не было печатано противного вере православной, безбожное и соблазн производящего". А дабы прежние книги не соделали более несчастий, то велено было рассмотреть все о книгах реестры и все печатные книги, а которые что-либо содержали противное кафолическому исповеданию, те сжечь.

О! вы, цензуру учреждающие, воспомните, что можете сравниться с папою Александром VI, и устыдитесь.

В 1515 году Латеранский собор о цензуре положил, чтобы никакая книга не была печатана без утверждения священства.

Из предыдущего видели мы, что цензура изобретена священством и ему была единственно присвоена. Сопровождаемая проклятием и денежным взысканием, справедливо в тогдашнее время казаться могла ужасною нарушителю изданных о ней законоположений. Но опровержение Лутером власти папской, отделение разных исповеданий от римския церкви, прения различных властей в продолжение тридесятилетней войны произвели много книг, которые явилися в свет без обыкновенного клейма цензуры. Везде, однако же, духовенство присвояло себе право производить цензуру над изданиями; и когда в 1650 году учреждена была во Франции цензура гражданская, то богословский факультет Парижского университета новому установлению противуречил, ссылаяся, что двести лет он пользовался сим правом.

Скоро по введении[1] книгопечатания в Англии учреждена цензура. Звездная палата, не меньше ужасная в свое время в Англии, как в Испании инквизиция или в России Тайная канцелярия, определила число печатников и печатных станов; учредила освобождателя, без дозволения которого ничего печатать не смели. Жестокости ее против писавших о правительстве несчетны, и история ее оными наполнена. Итак, если в Англии суеверие духовное не в силах было наложить на разум тяжкую узду цензуры, возложена она суеверием политическим. Но то и другое пеклися, да власть будет всецела, да очи просвещения покрыты всегда пребудут туманом обаяния и да насилие царствует на счет рассудка.

Со смертию графа Страфорда рушилась Звездная палата; но ни уничтожение сего, ни судебная казнь Карла I не могли утвер-

---

1. Виллиам К а к с т о н, лондонский купец, завел в Англии книгопечатницу при Эдуарде IV в 1474 году. Первая книга, печатанная на английском языке, была: Рассуждение о шашечной игре, переведенное с французского языка. Вторая: Собрание речений и слов философов, переведенное лордом Риверсом. (*Прим. Радищева*).

дить в Англии вольности книгопечатания. Долгий парламент возобновил прежние положения, против ее сделанные. При Карле II и при Якове I они паки возобновлены. Даже по совершении премены в 1692 году узаконение сие подтверждено, но на два только года. Скончавшись в 1694 году, вольность печатания утверждена в Англии совершенно, и ценсура, зевнув в последний раз, издохла[1].

Американские правительства приняли свободу печатания между первейшими законоположениями, вольность гражданскую утверждающими. Пенсильванская область в основательном своем законоположении, в главе 1, в предположительном объявлении прав жителей пенсильванских, в 12 статье говорит: "народ имеет право говорить, писать и обнародовать свои мнения; следовательно, свобода печатания никогда не долженствует быть затрудняема". В главе 2 о образе правления, в отделении 35: "печатание да будет свободно для всех, кто хощет исследовать положения законодательного собрания или другой отрасли правления". В проекте о образе правления в Пенсильванском государстве, напечатанном, дабы жители оного могли сообщать свои примечания, в 1776 году в июле, отделение 35: "Свобода печатания отверста да будет всем, желающим исследовать законодательное правительство, и общее собрание да не коснется оныя никаким положением. Никакой книгопечатник да не потребуется к суду за то, что издал в свет примечания, ценения, наблюдения о поступках общего собрания, о разных частях правления, о делах общих или о поведении служащих, поколику оное касается до исполнения их должностей". Делаварское государство в объявлении изъяснительном прав, в 23 статье, говорит: "Свобода печатания да сохраняема будет ненарушимо". Мариландское государство в 38 статье теми же словами объясняется. Виргинское в 14 статье говорит сими словами: "Свобода печатания есть наивеличайшая защита свободы государственной".

Книгопечатание до перемены 1789 года, во Франции последовавшей, нигде толико стесняемо не было, как в сем государстве. Стоглазый Арг, сторучный Бриарей, парижская полиция свирепствовала против писаний и писателей. В Бастильских темницах томилися несчастные, дерзнувшие охуждать хищность министров и их распутство. Если бы язык французский не был толико употребителен в Европе, не был бы всеобщим, то Франция, стеня под бичем ценсуры, не достигла бы до того величия в мыслях, какое явили многие ее писатели. Но общее употребление французского языка побудило завести в Голландии,

---

1. В Дании вольное книгопечатание было мгновенно. Стихи Вольтеровы на сей случай к датскому королю во свидетельство осталися, что похвалою даже мудрому законоположению спешить не надлежит. (*Прим. Радищева*).

Англии, Швейцарии и Немецкой земле книгопечатницы, и всё, что явиться не дерзало во Франции, свободно обнародовано было в других местах. Тако сила, кичася своими мышцами, осмеяна была и не ужасна; тако свирепства пенящиеся челюсти праздны оставалися, и слово твердое ускользало от них непоглощенно.

Но дивись несообразности разума человеческого. Ныне, когда во Франции все твердят о вольности, когда необузданность и безначалие дошли до края возможного, ценсура во Франции не уничтожена. И хотя всё там печатается ныне невозбранно, но тайным образом. Мы недавно читали, — да восплачут французы о участи своей и с ними человечество! — мы читали недавно, что народное собрание, толико же поступая самодержавно, как доселе их государь, насильственно взяли печатную книгу и сочинителя оной отдали под суд за то, что дерзнул писать против народного собрания. Лафает был исполнителем сего приговора. О Франция! ты еще хождаешь близ Бастильских пропастей.

Размножение книгопечатниц в Немецкой земле, сокрывая от власти орудия оных, отъемлет у нее возможность свирепствовать против рассудка и просвещения. Малые немецкие правления хотя вольности книгопечатания стараются положить преграду, но безуспешно. Векерлин хотя мстящею властию посажен был под стражу, но "Седое чудовище" осталося у всех в руках. Покойный Фридрих II, король прусский, в землях своих печатание сделал почти свободным не каким-либо законоположением, но дозволением токмо и образом своих мыслей. Чему дивиться, что он не уничтожил ценсуры; он был самодержец, коего любезнейшая страсть была всесилие. Но воздержись от смеха. — Он узнал, что указы, им изданные, некто намерен был, собрав, напечатать. Он и к оным приставил двух ценсоров или, правильнее сказать, браковщиков. О властвование! о всесилие! ты мышцам своим не доверяешь. Ты боишься собственного своего обвинения, боишься, чтобы язык твой тебя не посрамил, чтобы рука твоя тебя не заушила! — Но какое добро сии насильственные ценсоры произвести могли? Не добро, но вред. Скрыли они от глаз потомства нелепое какое-либо законоположение, которое на суд будущий власть оставить стыдилась, которое оставшися явным, было бы, может быть, уздою власти, да не дерзает на уродливое. Император Иосиф II рушил отчасти преграду просвещения, которая в Австрийских наследных владениях, в царствование Марии-Терезии, тяготила рассудок; но не мог он стрясти с себя бремени предрассуждения и предлинное издал о ценсуре наставление. Если должно его хвалить за то, что не возбранял опорочивать свои решения, находить в поведении его недостатки и таковые порицания издавать в печати; но похулим его за то, что на свободе в изъяснении мыслей он оставил узду. Столь легко употребить можно оную во зло!..[1] Чему дивиться? скажем и теперь, как прежде: он был царь. Скажи же, в чьей голове может быть больше несообразностей, если не в царской?

В России... Что в России с ценсурою происходило, узнаете в другое время. А теперь, не производя ценсуры над почтовыми лошадьми, я поспешно отправился в путь.

МЕДНОЕ

"Во поле береза стояла, во поле кудрявая стояла, ой люли, люли, люли, люли"... Хоровод молодых баб и девок; пляшут; подойдем поближе, — говорил я сам себе, развертывая найденные бумаги моего приятеля. — Но я читал следующее. Не мог дойти до хоровода. Уши мои задернулись печалию, и радостный глас нехитростного веселия до сердца моего не проник. О мой друг! где бы ты ни был, внемли и суди.

Каждую неделю два раза вся Российская империя извещается, что Н. Н. или Б. Б. в несостоянии или не хочет платить того, что занял, или взял, или чего от него требуют. Занятое либо проиграно, проезжено, прожито, проедено, пропито, про... или раздарено, потеряно в огне, или воде, или Н. Н. или Б. Б. другими какими-либо случаями вошел в долг или под взыскание. То и другое наравне в ведомостях приемлется. — Публикуется: "Сего... дня по полуночи в 10 часов, по определению уездного суда или городового магистрата, продаваться будет с публичного торга отставного капитана 1... недвижимое имение, дом, состоящий в... части, под №... и при нем шесть душ мужеского и женского полу, продажа будет при оном доме. Желающие могут осмотреть заблаговременно".

На дешевое охотников всегда много. Наступил день и час продажи. Покупщики съезжаются. В зале, где оная производится, стоят неподвижны на продажу осужденные. Старик лет в 75, опершись на вязовой дубинке, жаждет угадать, кому судьба его отдаст в руки, кто закроет его глаза. С отцем господина своего он был в Крымском походе при Федмаршале Минихе; в Франкфуртскую баталию он раненого своего господина унес на плечах из строю. Возвратясь домой, был дядькою своего молодого барина. Во младенчестве он спас его от утопления, бросясь за ним в реку, куда сей упал, переезжая на пароме, и с опасностию своей жизни спас его. В юношестве выкупил его из тюрьмы, куда посажен был за долги в бытность свою в гвардии унтер-офицером. — Старуха 80 лет, жена его, была кормилицею матери

---

[1] В новейших известиях читаем, что наследник Иосифа II намерен возобновить ценсурную комиссию, предместником его уничтоженную. (*Прим. Радищева*).

своего молодого барина; его была нянькою и имела надзирание за домом до самого того часа, как выведена на сие торжище. Во всё время службы своея ничего у господ своих не утратила, ничем не покорыствовалась, никогда не лгала, а если иногда им досадила, то разве своим праводушием. — Женщина лет в 40, вдова, комилица молодого своего барина. И доднесь чувствует она еще к нему некоторую нежность. В жилах его льется его кровь. Она ему вторая мать, и ей он более животом своим обязан, нежели своей природной матери. Сия зачала его в веселии, о младенчестве его не радела. Кормилица и нянька его были его воспитанницы. Они с ним расстаются, как с сыном. — Молодица 18 лет, дочь ее и внучка стариков. Зверь лютый, чудовище, изверг! Посмотри на нее, посмотри на румяные ее ланиты, на слезы, лиющиеся из ее прелестных очей. Не ты ли, не возмогши прельщением и обещаниями уловить ее невинности, ни устрашить ее непоколебимости угрозами и казнию, наконец употребил обман, обвенчав ее за спутника твоих мерзостей и в виде его насладился веселием, которого она делить с тобою гнушалася. Она узнала обман твой. Венчанный с нею не коснулся более ее ложа, и ты, лишен став твоея утехи, употребил насилие. Четыре злодея, исполнители твоея воли, держа руки ее и ноги... но сего не окончаем. На челе ее скорбь, в глазах отчаяние. Она держит младенца, плачевный плод обмана или насилия, но живой слепок прелюбодейного его отца. Родив его, позабыла отцево зверство, и сердце дало начало чувствовать к нему нежность. Она боится, чтобы не попасть в руки ему подобного. — Младенец... Твой сын, варвар, твоя кровь. Иль думаешь, что где не было обряда церковного, тут нет и обязанности? Иль думаешь, что данное по приказанию твоему благословение наемным извещателем слова Божия сочетование их утвердило, иль думаешь, что насильственное венчание во храме Божием может назваться союзом? Всесильный мерзит принуждением, он услаждается желаниями сердечными. Они одни непорочны. О! колико между нами прелюбодейств и растлений совершается во имя отца радостей и утешителя скорбей при его свидетелях, недостойных своего сана. — Детина лет в 25, венчанный ее муж, спутник и наперсник своего господина. Зверство и мщение в его глазах. Раскаивается о своих к господину своему угождениях. В кармане его нож; он его схватил крепко; мысль его отгадать нетрудно... Бесплодное рвение. Достанешься другому. Рука господина твоего, носящая над главою раба непрестанно, согнет выю твою на всякое угождение. Глад, стужа, зной, казнь, всё будет против тебя. Твой разум чужд благородных мыслей. Ты умереть не умеешь. Ты склонишься и будешь раб духом, как и состоянием. А если бы восхотел противиться, умрешь в оковах томною смертию. Судии между вами нет. Не захочет мучитель твой сам себя наказывать. Он будет твой обвинитель. Отдаст тебя градскому правосудию. — Правосудие! — где обвиняемый не имеет почти власти оправдаться. — Пройдем мимо других несчастных, выведенных на торжище.

Едва ужасоносный молот испустил тупой свой звук и четверо несчастных узнали свою учесть, — слезы, рыдание, стон пронзили уши всего собрания. Наитвердейшие были тронуты. Окаменелые сердца! почто бесплодное соболезнование? О квакеры! если бы мы имели вашу душу, мы бы сложилися и, купив сих несчастных, даровали бы им свободу. — Жив многие лета в объятиях один другого, несчастные сии к поносной продаже восчувствуют тоску разлуки. Но если закон, иль, лучше сказать, обычай варварский, ибо в законе того не писано, дозволяет толикое человечеству посмеяние, какое право имеете продавать сего младенца? Он незаконнорожденный. Закон его освобождает. Постойте, я буду доноситель; я избавлю его. Если бы с ним мог спасти и других! О счастие! почто ты так обидело меня в твоем разделе? Днесь жажду вкусити прелестного твоего взора, впервые ощущать начинаю страсть к богатству. — Сердце мое столь было стеснено, что, выскочив из среды собрания и отдав несчастным последнюю гривну из кошелька, побежал вон. На лестнице встретился мне один чужестранец, мой друг. — Что тебе сделалось? ты плачешь! — Возвратись, — сказал я ему, — не будь свидетелем срамного позорища. Ты проклинал некогда обычай варварский в продаже черных невольников в отдаленных селениях твоего отечества; возвратись, — повторил я, — не будь свидетелем нашего затмения и да не возвестиши стыда нашего твоим согражданам, беседуя с ними о наших нравах. — Не могу сему я верить, — сказал мне мой друг, — невозможно, чтобы там, где мыслить и верить дозволяется всякому кто как хочет, столь постыдное существовало обыкновение. — Не дивись, — сказал я ему, — установление свободы в исповедании обидит одних попов и чернецов, да и те скорее пожелают приобрести себе овцу, нежели овцу во Христово стадо. Но свобода сельских жителей обидит, как то говорят, право собственности. А все те, кто бы мог свободе поборствовать, все великие отчинники, и свободы не от их советов ожидать должно, но от самой тяжести порабощения.

ТВЕРЬ

— Стихотворство у нас, — говорил товарищ мой трактирного обеда, — в разных смыслах как оно приемлется, далеко еще отстоит величия. Поэзия было пробудилась, но ныне паки дремлет, а стихосложение шагнуло один раз и стало в пень.

Ломоносов, уразумев смешное в польском одеянии наших стихов, снял с них несродное им полукафтанье. Подав хорошие примеры новых стихов, надел на последователей своих узду великого примера, и никто доселе отшатнуться от него не дерзнул. По несчастию, случилось, что Сумароков в то же время был и был отменный стихотворец. Он употреблял стихи по примеру Ломоносова, и ныне все вслед за ними не воображают, чтобы другие стихи быть могли, как ямбы, как такие, какими писали сии оба знаменитые мужи. Хотя оба сии стихотворцы преподавали правила других стихосложений, а Сумароков и во всех родах оставил примеры, но они столь маловажны, что ни от кого подражания не заслужили. Если бы Ломоносов преложил Иова или псалмопевца дактилями или если бы Сумароков "Семиру" или "Димитрия" написал хореями, то и Херасков вздумал бы, что можно писать другими стихами опричь ямбов, и более бы славы в осмилетнем своем приобрел труде, описав взятие Казани свойственным эпопее стихосложением. Не дивлюсь, что древний треух на Виргилия надет ломоносовским покроем; но желал бы я, чтобы Омир между нами не в ямбах явился, но в стихах, подобных его, — ексаметрах, — и Костров, хотя и не стихотворец, а переводчик, сделал бы эпоху в нашем стихосложении, ускорив шествие самой поэзии целым поколением.

Но не одни Ломоносов и Сумароков остановили российское стихосложение. Неутомимый возовик Тредиаковский немало к тому способствовал своею "Тилемахидою". Теперь дать пример нового стихосложения очень трудно, ибо примеры в добром и худом стихосложении глубокий пустили корень. Парнас окружен ямбами, и рифмы стоят везде на карауле. Кто бы ни задумал писать дактилями, тому тотчас Тредиаковского приставят дядькою, и прекраснейшее дитя долго казаться будет уродом доколе не родится Мильтона, Шекеспира или Вольтера. Тогда и Тредиаковского выроют из поросшей мхом забвения могилы, в "Тилемахиде" найдутся добрые стихи и будут в пример поставляемы.

Долго благой перемене в стихосложении препятствовать будет привыкшее ухо ко краесловию. Слышав долгое время единогласное в стихах окончание, безрифмие покажется грубо, негладко и нестройно. Таково оно и будет, доколе французский язык будет в России больше других языков в употреблении. Чувства наши, как гибкое и молодое дерево, можно вырастить прямо и криво, по произволению. Сверх же того в стихотворении, так, как и во всех вещах, может господствовать мода, и если она хотя несколько имеет в себе естественного, то принята будет без прекословия. Но всё модное мгновенно, а особливо в стихотворстве. Блеск наружный может заржаветь, но истинная красота не поблекнет никогда.

Омир, Виргилий, Мильтон, Расин, Вольтер, Шекеспир, Тассо и многие другие читаны будут, доколе не истребится род человеческий.

Излишним почитаю я беседовать с вами о разных стихах, российскому языку свойственных. Что такое ямб, хорей, дактиль или анапест, всяк знает, если немного кто разумеет правила стихосложения. Но то бы было не излишнее, если бы я мог дать примеры в разных родах достаточные. Но силы мои и разумение коротки. Если совет мой может что-либо сделать, то я бы сказал, что российское стихотворство, да и сам российский язык, гораздо обогатились бы, если бы переводы стихотворных сочинений делали не всегда ямбами. Гораздо бы эпической поэме свойственнее было, если бы перевод "Генриады" не был в ямбах, а ямбы некраесловные хуже прозы.

Всё вышесказанное изрек пирный мой товарищ одним духом и с толикою поворотливостию языка, что я не успел ничего ему сказать на возражение, хотя много кой-чего имел на защищение ямбов и всех тех, которые ими писали.

— Я и сам, — продолжал он, — заразительному последовал примеру и сочинял стихи ямбами, но то были оды. Вот остаток одной из них; все прочие сгорели в огне; да и оставшуюся та же ожидает участь, как и сосестр ее постигшая. В Москве не хотели ее напечатать по двум причинам: первая, что смысл в стихах неясен и много стихов топорной работы, другая, что предмет стихов несвойственен нашей земле. Я еду теперь в Петербург просить о издании ее в свет, ласкаяся, яко нежный отец своего дитяти, что ради последней причины, для коей ее в Москве печатать не хотели, снисходительно воззрят на первую. Если вам не в тягость будет прочесть некоторые строфы... — сказал он мне, подавая бумагу. — Я ее развернул и читал следующее: — Вольность... Ода... — За одно название отказали мне издание сих стихов. Но я очень помню, что в Наказе о сочинении нового уложения, говоря о вольности, сказано: "Вольностию должно называть то, что все одинаковым повинуются законам". Следственно, о вольности у нас говорить вместно.

1

O! дар небес благословенный,
Источник всех великих дел;
О вольность, вольность, дар бесценный!
Позволь, чтоб раб тебя воспел.
Исполни сердце твоим жаром.
В нем сильных мышц твоих ударом

Во свет рабства тьму претвори,
Да Брут и Телль еще проснутся,
Седяй во власти да смятутся
От гласа твоего цари.

Сию строфу обвинили для двух причин: за стих "во свет рабства тьму претвори". Он очень туг и труден на изречение ради частого повторения буквы Т и ради соития частого согласных букв, "бства тьму претв.", — на десять согласных три гласных, а на российском языке толико же можно писать сладостно, как и на итальянском... Согласен... хотя иные почитали стих сей удачным, находя в негладкости стиха изобразительное выражение трудности самого действия. Но вот другой: "да смятутся от гласа твоего цари". Желать смятения царю есть то же, что желать ему зла; следовательно... Но я не хочу вам наскучить всеми примечаниями, на стихи мои сделанными. Многие, признаюсь, из них были справедливы. Позвольте, чтобы я вашим был чтецом.

2

Я в свет исшел, и ты со мною...

Сию строфу пройдем мимо. Вот ее содержание: человек во всем от рождения свободен...

3

Но что же претит моей свободе?
Желаньям зрю везде предел;
Возникла обща власть в народе.
Соборный всех властей удел.
Ей общество во всем послушно,
Повсюду с ней единодушно;
Для пользы общей нет препон,
Во власти всех своей зрю долю,
Свою творю, творя всех волю:
Вот что есть в обществе закон.

4

В средние злачныя долины,
Среди тягченных жатвой нив,
Средь мирных по сеньми олив
Паросска мрамора белее,
Яснейша дня лучей светлее,
Стоит прозрачный всюду храм,

120

Там жертва лжива не курится,
Там надпись пламенная зрится:
"Конец невинности бедам".

5

Оливной ветвию венчанно,
На твердом камени седяй,
Безжалостно и хладнокровно
Глухое божество................

и пр.; изображается закон в виде божества, во храме, коего
стражи суть истина и правосудие.

6

Возводит строгие зеницы.
Льет радость, трепет вкруг себя,
Равно на все взирает лицы,
Ни ненавидя, ни любя;
Он лести чужд, лицеприятства,
Породы, знатности, богатства,
Гнушаясь жертвенныя тли;
Родства не знает, ни приязни,
Равно делит и мзду, и казни;
Он образ Божий на земли.

7

И се чудовище ужасно,
Как гидра, сто имея глав,
Умильно и в слезах всечасно,
Но полны челюсти отрав.
Земные власти попирает,
Главою неба досязает.
"Его отчизна там", — гласит.
Призраки, тьму повсюду сеет,
Обманывать и льстить умеет
И слепо верить всем велит.

8

Покрывши разум темнотою,
И всюду вея ползкий яд...

Изображение священного суеверия, отъемлющего у человека
чувствительность, влекущее его в ярем порабощения и заблуждения, во броню его облекшее:

Власть называет оное изветом божества; рассудок — обманом.

9

> Воззрим мы в области обширны,
> Где тусклый трон стоит робства...

В мире и тишине суеверие священное и политическое, подкрепляя друг друга,

> Союзно общество гнетут,
> Одно сковать рассудок тщится,
> Другое волю стерть стремится;
> "На пользу общую", — рекут.

10

> Покоя рабского под сенью
> Плодов златых не возрастет;
> Где всё ума претит стремленью,
> Великость там не прозябет.

И все злые следствия рабства, как то: беспечность, леность, коварство, голод и пр.

11

> Чело надменное вознесши,
> Схватив железный скипетр, царь,
> На громном троне властно севши,
> В народе зрит лишь подлу тварь.
> Живот и смерть в руке имея:
> "По воле, — рек,— щажу злодея,
> "Я властию могу дарить;
> "Где я смеюсь, там всё смеется;
> "Нахмурюсь грозно, всё смятется;
> "Живешь тогда, велю коль жить".

12

> И мы внимаем хладнокровно...

как алчный змий, ругаяся всем, отравляет дни веселия и утех. Но, хотя вокруг твоего престола все стоят преклонше колена, трепещи, се мститель грядет, прорицая вольность...

13

Возникнет рать повсюду бранна,
Надежда всех вооружит;
В крови мучителя венчанна
Омыть свой стыд уж всяк спешит.
Меч остр, я зрю, везде сверкает,
В различных видах смерть летает,
Над гордою главой царя.
Ликуйте, склепанны народы;
Се право мщенное природы
На плаху возвело царя.

14

И нощи се завесу лживой
Со треском мощно разодрав,
Кичливой власти и строптивой
Огромный истукан поправ,
Сковав сторучна исполина,
Влечет его, как гражданина,
К престолу, где народ воссел:
"Преступник власти, мною данной!
"Вещай, злодей, мною венчанной,
"Против меня восстать как смел?

15

"Тебя облек я во порфиру
"Равенство в обществе блюсти,
"Вдовицу призирать и сиру,
"От бед невинность чтоб спасти.
Отцем ей быть чадолюбивым;
"Но мстителем непримиримым
"Пороку, лжи и клевете;
"Заслуги честью награждати,
"Устройством зло предупреждати,
"Хранити нравы в чистоте.

16

"Покрыл я море кораблями...

Дал способ к приобретению богатств и благоденствия. Желал
я, чтобы земледелец не был пленник на своей ниве и тебя бы
благословлял...

"Своих кровей я без пощады
"Гремящую воздвигнул рать;
"Я медны изваял громады[1],
"Злодеев внешних чтоб карать;
"Тебе велел повиноваться,
"С тобою к славе устремляться;
"Для пользы всех мне можно всё;
"Земные недра раздираю,
"Металл блестящий извлекаю
"На украшение твое.

"Но ты, забыв мне клятву данну,
"Забыв, что я избрал тебя;
"Себе в утеху быть венчанну
"Возмнил, что ты господь, не я;
"Мечем мои расторг уставы,
"Бесгласными поверг все правы,
"Стыдиться истины велел.
"Расчистил мерзостям дорогу,
"Взывать стал не ко мне, но к Богу,
"А мной гнушаться восхотел.

"Кровавым потом доставая
"Плод кой я в пищу насадил,
"С тобою крохи разделяя,
"Своей натуги не щадил.
"Тебе сокровищей всех мало!
"На что ж, скажи, их недостало,
"Что рубище с меня сорвал?
"Дарить любимца, полна лести!
"Жену, чуждающуся чести!
"Иль злато богом ты признал?

"В отличность знак изобретенный
"Ты начал наглости дарить;
"В злодея меч мой изощренный
"Ты стал невинности сулить.
"Сгрgroupженные полки в защиту
"На брань ведешь ли знамениту

---

1. Имеются в виду пушки.

"За человечество карать?
"В кровавых борешься долинах,
"Дабы, упившися в Афинах;
"Ирой! — зевав, могли сказать.

21

"Злодей, злодеев всех лютейший...

Ты все совокупил злодеяния и жало свое в меня устремил...

"Умри! умри же ты стократ", —
Народ вещал...

22

Великий муж, коварства полный,
Ханжа, и льстец, и святотать!
Един ты в свет столь благотворный
Пример великий мог подать.
Я чту, Кромвель, в тебе злодея,
Что, власть в руке своей имея,
Ты твердь свободы сокрушил;
Но научил ты в род и роды,
Как могут мстить себя народы, —
Ты Карла на суде казнил.

23

И ее глас вольности раздается во все концы...

На вече весь течет народ;
Престол чугунный разрушает,
Самсон, как древле, сотрясает
Исполненный коварств чертог.
Законом строит твердь природы.
Велик, велик ты, дух свободы,
Зиждителен, как сам есть Бог!

24

В следующих одиннадцати строфах заключается описание
царства свободы и действия ее; то есть сохранность, спокойствие,
благоденствие, величие...

Но страсти, изощряя злобу...

превращают спокойствие граждан в пагубу...

Отца на сына воздвигают,
Союзы брачны раздирают,

и все следствия безмерного желания властвовати...

35, 36, 37

Описание пагубных следствий роскоши. Междусобий. Гражданская брань. Марий. Сулла. Август...

Тревожну вольность усыпил,
Чунунный скиптр обвил цветами...

Следствие того — порабощение...

38, 39

Таков есть закон природы; из мучительства рождается вольность, из вольности рабство...

40

На что сему дивиться? и человек родится на то, чтобы умереть...
Следующие 8 строф содержат прорицания о будущем жребии отечества, которое разделится на части, и тем скорее, чем будет пространнее. Но время еще не пришло. Когда же оно наступит, тогда

Встрещат заклепы тяжкой ночи.

Упругая власть при издыхании приставит стражу к слову и соберет все свои силы, дабы последним махом раздавить возникающую вольность...

49

Но человечество возревет в оковах и, направляемое надеждою свободы и неистребимым природы правом, двинется... И власть приведена будет в трепет. Тогда всех сил сложение, тогда тяжелая власть

> Развеется в одно мгновенье, —
> О день, избраннейший всех дней!

50

> Мне слышится уж глас природы,
> Начальный глас, глас божества.

Мрачная твердь позыбнулась, и вольность воссияла.

— Вот и конец, — сказал мне новомодный стихотворец.

Я очень тому порадовался и хотел было ему сказать, может быть, неприятное на стихи его возражение, но колокольчик возвестил мне, что в дороге складнее поспешать на почтовых клячах, нежели карабкаться на Пегаса, когда он с норовом.

ГОРОДНЯ

Въезжая в сию деревню, не стихотворческим пением слух мой был ударяем, но пронзающим сердца воплем жен, детей и старцев. Встав из моей кибитки, отпустил я ее к почтовому двору, любопытствуя узнать причину приметного на улице смятения.

Подошед к одной куче, узнал я, что рекрутский набор был причиною рыдания и слез многих толпящихся. Из многих селений казенных и помещичьих сошлися отправляемые на отдачу рекруты.

В одной толпе старуха лети пятидесяти, держа за голову двадцатилетнего парня, вопила: — Любезное мое дитятко, на кого ты меня покидаешь? Кому ты поручаешь дом родительской? Поля наши порастут травою; мохом — наша хижина. Я бедная, престарелая мать твоя, скитаться должна по миру. Кто согреет мою дряхлость от холода, кто укроет ее от зноя? Кто напоит меня и накормит? Да всё то не столь сердцу тягостно: кто закроет мои очи при издыхании? Кто примет мое родительское благословение? Кто тело предаст общей нашей матери, сырой земле? Кто придет вспомянуть меня над могилою? Не капет на нее твоя горячая слеза; не будет мне отрады той.

Подле старухи стояла девка уже взрослая. Она так же вопила:

— Прости, мой друг сердечный, прости, мое красное солнушко.

Мне, твоей невесте нареченной не будет больше утехи, ни веселья. Не позавидуют мне подруги мои. Не взойдет надо мною солнце для радости. Горевать ты меня покидаешь ни вдовою, ни мужнею женою. Хотя бы бесчеловечные наши старосты хоть дали бы нам обвенчатися; хотя бы ты, мой милый друг, хотя бы ты одну уснул ноченьку, уснул бы на белой моей груди. Авось ли бы Бог меня помиловал и дал бы мне паренька на утешение.

Парень им говорил: — Перестаньте плакать, перестаньте рвать мое сердце. Зовет нас государь на службу. На меня пал жребий. Воля Божия. Кому не умирать, тот жив будет. Авось-либо я с полком к вам приду. Авось-либо дослужуся до чина. Не крушися, моя матушка родимая. Береги для меня Прасковьюшку. — Рекрута сего отдавали из экономического селения.

Совсем другого рода слова внял слух мой в близстоящей толпе. Среди одной я увидел человека лет тридцати, посредственного роста, стоящего бодро и весело на окрест стоящих взирающего.

— Услышал Господь молитву мою, — вещал он. — Достигли слезы несчастного до утешителя всех. Теперь буду знать, что жребий мой зависет может от доброго или худого моего поведения. Доселе зависел он от своенравия женского. Одна мысль утешает, что без суда батожьем наказан не буду!

Узнав из речей его, что он господский был человек, любопытствовал от него узнать причину необыкновенного удовольствия. На вопрос мой о сем, он ответствовал: — Если бы, государь мой, с одной стороны поставлена была виселица, а с другой глубокая река и, стоя между двух гибелей, неминуемо бы должно было идти направо или налево, в петлю или в воду, что избрали бы вы, чего бы заставил желать рассудок и чувствительность? Я думаю, да и всякий другой избрал бы броситься в реку, в надежде, что, преплыв на другой брег, опасность уже минется. Никто не согласился бы испытать, тверда ли петля, своей шеею. Таков мой был случай. Трудна солдатская жизнь, но лучше петли. Хорошо бы и то, когда бы тем и конец был, но умирать томною смертию, под батожьем, под кошками, в кандалах, в погребе, нагу, босу, алчущу, жаждущу, при всегдашнем поругании; государь мой, хотя холопей считает вы своим имением, нередко хуже скотов, но, к несчастию их горчайшему, они чувствительности не лишены. Вам удивительно, вижу я, слышать таковые слова в устах крестьянина; но слышав их, для чего не удивляетесь жестокосердию своей собратии, дворян?

И поистине не ожидал я сказанного от одетого в смурый кафтан со бритым лбом. Но, желая удовлетворить моему любопытству, я просил его, чтобы он уведомил меня, будучи толь низкого состояния, он достиг понятий, недостающих нередко в людях, несвойственно называемых благородными.

— Если вы не поскучаете слышать моей повести, то я вам скажу, что я родился в рабстве сын дядьки моего бывшего господина. Сколь восхищаюсь я, что не назовут уже меня Ванькою, ни поносительным именованием, ни позыва не сделают свистом. Старый мой барин, человек добросердечный, разумный и добродетельный, нередко рыдавший над участью своих рабов, хотел за долговременные заслуги отца моего отличить и меня, дав мне воспитание наравне с своим сыном. Различия между нами почти не было, разве только то, что он на кафтане носил сукно моего потоне. Чему учили молодого боярина, тому учили и меня, наставления нам во всем были одинаковы, и без хвастовства скажу, что во многом я лучше успел своего молодого господина.

"Ванюша, — говорил мне старый барин, — счастие твое зависит совсем от тебя. Ты более в учености и нравственности имеешь побуждений, нежели сын мой. Он по мне будет богат и нужды не узнает, а ты с рождения с нею познакомился. Итак, старайся быть достоин моего о тебе попечения".

На семнадцатом году возраста молодого моего барина отправлен был он и я в чужие края с надзирателем, коему предписано было меня почитать сопутником, а не слугою. Отправляя меня, старый мой барин сказал мне:

"Надеюся, что ты возвратишься к утешению моему и своих родителей. Раб ты в пределах сего государства, но вне оных ты свободен. Возвратясь же в оное, уз, рождением твоим на тебя наложенных, ты не обрящешь".

Мы отсутственны были пять лет и возвращались в Россию: молодой мой барин в радости видеть своего родителя, а я, признаюсь, ласкаяся пользоваться сделанным мне обещанием. Сердце трепетало, вступая опять в пределы моего отечества. И поистине предчувствие его было не ложно. В Риге молодой мой господин получил известие о смерти своего отца. Он был оною тронут, я приведен в отчаяние. Ибо все мои старания приобрести дружбу и доверенность молодого моего барина всегда были тщетны. Он не только меня не любил, из зависти, может быть, тесным душам свойственной, но ненавидел.

Приметив мое смятение, известием о смерти его отца произведенное, он мне сказал, что сделанное мне обещание не позабудет, если я того буду достоин. В первый раз он осмелился мне сие сказать, ибо, получив свободу смертию своего отца, он в Риге же отпустил своего надзирателя, заплатив ему за труды его щедро. Справедливость надлежит отдать бывшему моему господину, что он много имеет хороших качеств, но робость духа и легкомыслие оные помрачают.

Чрез неделю после нашего в Москву приезда бывший мой господин влюбился в изрядную лицем девицу, но которая с красотою телесною соединяла скареднейшую душу и сердце жестокое и суровое. Воспитанная в надменности своего происхождения, отличностию почитала только внешность, знатность, богатство. Чрез два месяца она стала супруга моего барина и моя повелительница. До того времени я не чувствовал перемены в своем состоянии, жил в доме господина моего как его сотоварищ. Хотя он мне ничего не приказывал, но я предупреждал его иногда желании, чувствуя его власть и мою участь. Едва молодая госпожа переступила порог дома, в котором она определялася начальствовать, как я почувствовал тягость моего жребия. Первый вечер по свадьбе и следующий день, в который я ей представлен был супругом ее как его сотоварищ, она занята была обыкновенными заботами нового супружества; но ввечеру, когда при довольно многолюдном собрании пришли все к столу и сели за первый ужин у новобрачных, и я, по обыкновению моему, сел на моем месте на нижнем конце, то новая госпожа сказала довольно громко своему мужу — если он хочет, чтоб она сидела за столом с гостями, то бы холопей за оный не сажал. Он, взглянув на меня и движим уже ею, прислал ко мне сказать, чтобы я из-за стола вышел и ужинал бы в своей горнице. Вообразите, колико чувствительно мне было сие уничижение. Я, скрыв, однако же, исступающие из глаз моих слезы, удалился. На другой день не смел я показаться. Не наведываяся обо мне, принесли мне обед и ужин. То же было и в следующие дни. Чрез неделю после свадьбы, в один день, после обеда, новая госпожа, осматривая дом и распределяя всем служителям должности и жилища, зашла в мои комнаты. Они для меня уготованы были старым моим барином. Меня не было дома. Не повторю того, что она говорила, будучи в оных, мне в посмеяние, но, возвратясь домой, мне сказали ее приказ, что мне отведен угол в нижнем этаже, с холостыми официантами, где моя постеля, сундук с платьем и бельем уже поставлены; всё прочее она оставила в прежних моих комнатах, в коих поместила своих девок. Что в душе моей происходило, слыша сие, удобнее чувствовать, если кто может, нежели описать. Но, дабы не занимать вас излишним, может быть, повествованием, госпожа моя, вступив в управление дома и не находя во мне способности к услуге, поверстала меня в лакеи и надела на меня ливрею. Малейшее мнимое упущение сея должности влекло за собою пощечины, батожье, кошки. О государь мой, лучше бы мне не родиться! Колико крат негодовал я на умершего моего благодетеля, что дал мне душу на чувствование. Лучше бы мне было возрасти в невежестве, не думав никогда, что есмь человек, всем другим равный. Давно бы, давно бы избавил себя ненавистной мне жизни, если бы не удерживало прещение вышнего над всеми судии. Я определил

130

себя сносить жребий мой терпеливо. И сносил не токмо уязвления телесные, но и те, коими она уязвляла мою душу. Но едва не преступил я своего обета и не отъял у себя томные остатки плачевного жития при случившемся новом души уязвлении.

Племянник моей барыни, молодец османдцати лет, сержант гвардии, воспитанный во вкусе московских щегольков, влюбился в горнишную девку своей тетушки и, скоро овладев опытною ее горячностию, сделал ее матерью. Сколь он ни решителен был в своих любовных делах, но при сем происшествии несколько смутился. Ибо тетушка его, узнав о сем, запретила вход к себе своей горничной, а племянника побранила слегка. По обыкновению милосердных господ, она намерилась наказать ту, которую жаловала прежде, выдав ее за конюха замуж. Но как все они были уже женаты, а беременной для славы дома надобен был муж, то хуже меня из всех служителей не нашла. И о сем госпожа моя в присутствии своего супруга мне возвестила яко отменную мне милость. Не мог я более терпеть поругания. — Бесчеловечная женщина! во власти твоей состоит меня мучить и уязвлять мое тело; говорите вы, что законы дают вам над нами сие право. Я и сему мало верю; но то твердо знаю, что вступать в брак никто принужден быть не может. — Слова мои произвели в ней зверское молчание. Обратясь потом к супругу ее: — Неблагодарный сын человеколюбивого родителя, забыл ты его завещание, забыл и свое изречение; но не доводи до отчаяния души, твоя благороднейшего, страшись! — Более сказать я не мог, ибо по повелению госпожи моей отведен был на конюшню и сечен нещадно кошками. На другой день едва я мог встать от побоев с постели; и паки приведен был пред госпожу мою. — Я тебе прощу, — говорила она, — твою вчерашнюю дерзость; женись на моей Маврушке, она тебя просит, и я, любя ее в самом ее преступлении, хочу это для нее сделать. — Мой ответ, — сказал я ей, — вы слышали вчера, другого не имею. Присовокуплю только то, что просить на вас буду начальство в принуждении меня к тому, к чему не имеется права. — Ну, так пора в солдаты, — вскричала яростно моя госпожа... — Потерявший путешественник в страшной пустыне свою стезю меньше обрадуется, сыскав опять оную, нежели обрадован был я, услышав сии слова. — В солдаты, — повторила она, и на другой день то было исполнено. — Несмысленная! она думала, что так, как и поселянам, поступление в солдаты есть наказание. Мне было то отрада, и как скоро меня выбрили лоб, то я почувствовал, что я переродился. Силы мои обновилися. Разум и дух паки начали действовать. О! надежда, сладостное несчастному чувствие, пребуди во мне! — Слеза тяжкая, но не слеза горести и отчаяния исступила из очей его. — Я прижал его к сердцу моему. Лицо его новым отразилось веселием. — Не всё еще исчезло, ты вооружаешь душу мою, — вещал он мне, — против скорби дав чувствовать мне, что бедствие мое не бесконечно...

От сего несчастного я подошел к толпе, среди которой увидел трех скованных человек крепчайшими железами. "Удивления достойно, сказал я сам себе, взирая на сих узников: — теперь унылы, томны, робки, не токмо не желают быть воинами, но нужна даже величайшая жестокость, дабы вместить их в сие состояние; но обыкнув в сем тяжком во исполнении звании, становятся бодры, предприимчивы, гнушаяся даже прежнего своего состояния". Я спросил у одного близстоящего, который по одежде своей приказным служителем быть казался: — Конечно, бояся их побегу, заключили их в толь тяжкие оковы? — Вы отгадали. Они принадлежали одному помещику, которому занадобились деньги на новую карету, и для получения оной он продал их для отдачи в рекруты казенным крестьянам.

Я. Мой друг, ты ошибаешься, казенные крестьяне покупать не могут своей братии.

Он. Не продажею оно и делается. Господин сих несчастных, взяв по договору деньги, отпускает их на волю; они, будто по желанию, приписываются в государственные крестьяне к той волости, которая за них платила деньги, а волость по общему приговору отдает их в солдаты. Их везут теперь с отпускными для приписания в нашу волость.

Вольные люди, ничего не преступившие, в оковах, продаются как скоты! О законы! премудрость ваша часто бывает только в вашем слоге! Не явное ли се вам посмеяние? Но паче еще того посмеяние священного имени вольности. О! если бы рабы, тяжкими узами отягченные, яряся в отчаянии своем, разбили железом, вольности их препятствующим, главы наши, главы бесчеловечных своих господ и кровию нашею обагрили нивы свои! что бы тем потеряло государство? Скоро бы из среды их исторгнулися великие мужи для заступления избитого племени, но были бы они других о себе мыслей и права угнетения лишены. — Не мечта сие, но взор проницает густую завесу времени, от очей наших будущее скрывающую; я зрю сквозь целое столетие. — С негодованием отошел я от толпы.

Но склепанные узники теперь вольны. Если бы хотя немного имели твердости, утщетили бы удручительные помыслы своих тиранов... Возвратимся... — Друзья мои, — сказал я пленникам в отечестве своем, — ведаете ли вы, что если вы сами не желаете вступить в воинское звание, никто к тому вас теперь принудить не может? — Перестань, барин, шутить над горькими людьми. И без твоей шутки больно было расставаться одному с дряхлым отцом, другому с малолетними сестрами, третьему с молодою женою. Мы знаем, что господин нас продал для отдачи в рекруты за тысячу рублей. — Если вы до сего времени не ведали, то ведайте, что в рекруты продавать людей запрещается; что крестьяне людей покупать не могут; что вам от барина дана отпускная; и что вас покупщики ваши хотят приписать в свою волость, будто по вашей воле. — О, если так, барин, то спасибо тебе; когда нас поставят в меру, то все скажем, что мы в солдаты не хотим и что мы вольные люди. — Прибавьте к тому, что вас продал ваш господин не в указанное время и что отдают вас насильным образом[1]. — Легко себе вообразить можно радость, распростершуюся на лицах сих несчастных. Вспрянув от своего места и бодро потрясая свои оковы, казалось, что испытывают свои силы, как бы их свергнуть. Но разговор сей ввел было меня в великие хлопоты, — отдатчики рекрутские, вразумев моей речи, воспаленные гневом, прискочив ко мне, говорили: — Барин, не в свое мешаешься дело, отойди пока сух; — и сопротивляющегося начали меня толкать столь сильно, что я с поспешностью принужден был удалиться от сея толпы.

Подходя к почтовому двору, нашел я еще собрание поселян, окружающих человека в разодранном сертуке, несколько, казалося, пьяного, кривляющегося на предстоящих, которые, глядя на него, хохотали до слез. — Что тут за чудо? — спросил я у одного мальчика, — чему вы смеетеся? — А вот рекрут иноземец, по-русски не умеет пикнуть. — Из редких слов, им изреченных, узнал я, что он был француз. Любопытство мое паче возбудилося; и желал узнать, как иностранец мог отдаваем быть в рекруты крестьянами? Я спросил его на сродном ему языке: — Мой друг, какими судьбами ты здешь находишься?

Француз. Судьбе так захотелося; где хорошо, тут и жить должно.

Я. Да как ты попался в рекруты?

Француз. Я люблю воинскую жизнь, мне она уже известна, я сам захотел.

Я. Но как то случилося, что тебя отдают из деревни в рекруты? Из деревень берут в солдаты обыкновенно одних крестьян и русских, а ты, я вижу, не мужик и не русский.

Француз. А вот как. Я в Париже с ребячества учился перукмахерству. Выехал в Россию с одним господином. Чесал ему волосы в Петербурге целый год. Ему мне заплатить было нечем. Я, оставив его, не нашел места, чуть не умер с голоду. По счастию, мог попасть в матросы на корабль, идущий под российским

---

[1] Во время рекрутского набора запрещается в продаже крестьян совершать купчие. (*Прим. Радищева*).

флагом. Прежде отправления в море приведен я к присяге, как российский подданный, и отправился в Любек. На море часто корабельщик бил меня линьком за то, что был ленив. По неосторожности моей упал с вантов на палубу и выломил себе три пальца, что меня навсегда сделало неспособным управлять гребнем. Приехав в Любек, попался прусским наборщикам и служил в разных полках. Нередко за леность и пьянство бит был палками. Заколов, будучи пьяный, своего товарища, ушел из Мемеля, где я находился в гарнизоне. Вспомнил, что я обязан в России присягою; и, яко верный сын отечества, отправился в Ригу с двумя талерами в кармане. Дорогою питался милостынею. В Риге счастие и искусство мое мне послужили; выиграл в шинке рублей с двадцать и, купив себе за десять изрядный кафтан, отправился лакеем с казанским купцом в Казань. Но, проезжая Москву, встретился на улице с двумя моими земляками, которые советовали мне оставить хозяина и искать в Москве учительского места. Я им сказал, что худо читать умею. Но они мне отвечали: — Ты говоришь по-французски, то и того довольно. — Хозяин мой не видал, как я на улице от него удалился; он продолжал путь свой, а я остался в Москве. Скоро мне земляки мои нашли учительское место за сто пятьдесят рублей, пуд сахару, пуд кофе, десять фунтов чаю в год, стол, слуга и карета. Но жить надлежало в деревне. Тем лучше. Там целый год не знали, что я писать не умею. Но какой-то сват того господина, у которого я жил, открыл ему мою тайну, и меня свезли в Москву обратно. Не нашед другого подобного сему дурака, не могши отправлять мое ремесло с изломанными пальцами и боясь умереть с голоду, я продал себя за двести рублей. Меня записали в крестьяне и отдают в рекруты. Надеюсь, — говорил он важным видом, — что сколь скоро будет война, то дослужуся до генеральского чина; а не будет войны, то набью карман (коли можно) и, увенчав лаврами, отъеду на покой в мое отечество.

Пожал я плечами не один раз, слушав сего бродягу, и с уязвленным сердцем лег в кибитку, отправился в путь.

ЗАВИДОВО

Лошади уже были впряжены в кибитку, и я приготовлялся к отъезду, как вдруг сделался на улице великий шум. Люди начали бегать из края в край по деревне. На улице видел я воина в гранодерской шапке, гордо расхаживающего и, держа поднятую плеть, кричащего: — Лошадей скорее; где староста? Его превосходительство будет здесь чрез минуту; подай мне старосту... — Сняв шляпу за сто шагов, староста бежал во всю прыть на сделанный ему позыв. — Лошадей скорее! — Тотчас, батюшка: пожалуйте подорожную. — На. Да скорее же, а то я тебя... — говорил он, подняв плеть над головою дрожащего старосты. Недоконченная сия речь столь же была выражения исполнена, как у Виргилия в "Енеиде" речь Эола к ветрам: "Я вас!"... — и, сокращенный видом плети властновелительного гранодера, староста столь же живо ощущал мощь десницы грозящего воина, как бунтующие ветры ощущали над собою власть сильной Эоловой остроги. Возвращая новому Полкану подорожную, староста говорил: — Его превосходительству с честною его фамилией потребно пятьдесят лошадей, а у нас только тридцать налицо, другие в разгоне. — Роди, старый черт. А не будет лошадей, то тебя изуродую. — Да где же их взять, коли взять негде? — Разговорился еще... А вот лошади у меня будут... — и, схватя старика за бороду, начал его бить по плечам плетью нещадно. — Полно ли с тебя? Да вот три свежие, — говорил строгий судья ямского стана, указывая на впряженных в мою повозку. — Выпряги их для нас. — Коли барин-та их отдаст. — Как бы он не отдал! У меня и ему то же достанется. Да кто он таков? — Невесть какой-то... — как он меня величал, того не знаю.

Между тем я, вышед на улицу, воспретил храброму предтече его превосходительства исполнить его намерение и, выпряга из повозки моих лошадей, меня заставить ночевать в почтовой избе.

Спор мой с гвардейским Полканом прерван был приездом его превосходительства. Еще издали слышен был крик повозчиков и топот лошадей, скачущих во всю мочь. Частое биение копыт и зрению уже неприметное обращение колес подымающеюся пылью толико сгустили воздух, что колесница его превосходительства закрыта была непроницаемым облаком от взоров ожидающих его, таки громовой тучи, ямщиков. Дон Кишот, конечно, нечто чудесное бы тут увидел; ибо несущееся пыльное облако под знатною его превосходительства особою, вдруг остановясь, разверзлося, и он предстал нам от пыли серовиден, отродию черных подобным.

От приезду моего на почтовый стан до того времени, как лошади вновь впряжены были в мою повозку, прошло по крайней мере целый час. Но повозки его превосходительства запряжены были не более как в четверть часа... и поскакали они на крылех ветра. А мои клячи, хотя лучше казались тех, кои удостоилися везти превосходительную особу, но, не бояся гранодерского кнута, бежали посредственною рысью.

Блаженны в единовластных правлениях вельможи. Блаженны украшенные чинами и лентами. Вся природа им повинуется. Даже несмысленные скоты угождают их желаниям и, дабы им в путешествии зевая не наскучилось, скачут они, не жалея ни ног, ни легкого, и нередко от натуги околевают. Блаженны, повторю я, имеющие внешность, к благоговению всех влекущую. Кто ведает из трепещущих от плети, им грозящей, что тот, во имя коего ему грозят, безгласным в придворной грамматике называется, что ему ни А... ни О... во всю жизнь свою сказать не удалося[1], что он одолжен, и сказать стыдно кому, своим возвышением; что в душе своей он скареднейшее есть существо; что обман, вероломство, предательство, блуд, отравление, татьство, грабеж, убивство не больше ему стоят, как выпить стакан воды; что ланиты его никогда от стыда не краснели, разве от гнева или пощечины; что он друг всякого придворного истопника и раб едва-едва при дворе нечто значащего. Но властелин и презирающ не ведающих его низости и ползущества. Знатность без истинного достоинства подобна колдунам в наших деревнях. Все крестьяне их почитают и боятся, думая, что они чрезъестественные повелители. Над ними сии обманщики властвуют по своей воле. А сколь скоро в толпу, их боготворящую, завернется мало кто, грубейшего невежества отчуждившийся, то обман их обнаруживается, и таковых дальновидцов они не терпят в том месте, где они творят чудеса. Равно берегись и тот, кто посмеет обнаружить колдовство вельмож.

Но где мне гнаться за его превосходительством! Он поднял пыль столбом, которая по пролете его исчезла, и я, приехав в Клин, нашел даже память его погибшую с шумом.

КЛИН

— "Как было во городе во Риме, там жил да был Евфимиам князь..." — Поющий сию народную песнь, называемую "Алексеем божиим человеком", был слепой старик, седящий у ворот почтового двора, окруженный толпою по большей части ребят и юношей. Сребровидная его глава, замкнутые очи, вид спокойствия, в лице его зримого, заставляли взирающих на певца предстоять ему со благоговением. Неискусный хотя его напев, но нежностию изречения сопровождаемый, проницал в сердца его слушателей, лучше природе внемлющих, нежели взращенные во благословии уши жителей Москвы и Петербурга внемлют кудрявому напеву Габриелли, Маркези или Тоди. Никто из предстоящих не остался без зыбления внутрь глубокого, когда клинский певец, дошед до разлуки своего ироя, едва прерывающимся ежемгновенно гласом изрекал свое повествование. Место, на коем были его очи, исполнилося исступаю-

---

1. См. рукописную Придворную грамматику Фонвизина. *(Прим. Радищева)*.

щих из чувствительной от бед души слез, и потоки оных пролилися по ланитам воспевающего. О природа, колико ты властительна! Взирая на плачущего старца, жены возрыдали; со уст юности отлетела сопутница ее, улыбка; на лице отрочества явилась робость, неложный знак болезненного, но неизвестного чувствования; даже мужественный возраст, к жестокости толико привыкший, вид восприял важности. — О! природа, — возопил я паки...

Сколь сладко неязвительное чувствование скорби! Колико сердце оно обновляет и оного чувствительность. Я рыдал вслед за ямским собранием, и слезы мои были столь же для меня сладостны, как исторгнутые из сердца Вертером... О мой друг, мой друг! почто и ты не зрел сея картины? ты бы прослезился со мною, и сладость взаимного чувствования была бы гораздо усладительнее.

По окончании песнословия все предстоящие давали старику как будто бы награду за его труд. Он принимал все денежки и полушки, все куски и краюхи хлеба довольно равнодушно; но всегда сопровождая благодарность свою поклоном, крестяся и говоря к подающему: "Дай Бог тебе здоровья". Я не хотел отъехать, не быв сопровождаем молитвою сего, конечно приятного небу, старца. Жёлал его благословения на совершение пути и желания моего. Казалося мне, да и всегда сие мечтаю, как будто соблагословение чувствительных душ облегчает стезю в шествии и отъемлет терние сомнительности. Подошед к нему, я в дрожащую его руку толико же дрожащею от боязни, не тщеславия ли ради то делаю, положил ему рубль. Перекрестясь, не успел он изрещи обыкновенного своего благословения подающему, отвлечен от того необыкновенностию ощущения лежащего в его горсти. И сие уязвило мое сердце. Колико приятнее ему, — вещал я сам себе, — подаваемая ему полушка! Он чувствует в ней обыкновенное к бедствиям соболезнование человечества, в моем рубле ощущает, может быть, мою гордость. Он не сопровождает его своим благословением. О! колико мал я сам себе тогда казался, колико завидовал давшим полушку и краюшку хлеба певшему старцу! — Не пятак ли? — сказал он, обращая речь свою неопределенно, как и всякое свое слово. — Нет, дедушка, рублевик, — сказал близстоящий мальчик. — Почто такая милостыня? — сказал слепой, опуская места своих очей и ища, казалося, мысленно вообразить себе то, что в горсти его лежало. — Почто она не могущему ею пользоваться? Если бы я не лишен был зрения, сколь велика моя была за него благодарность. Не имея в нем нужды, я мог бы снабдить им неимущего. Ах! Если бы он был у меня после бывшего здесь пожара, умолк бы хотя на одни сутки вопль алчущих птенцов моего соседа. Но на что он мне теперь? не вижу, куда его положить; подаст он, может быть, случай к преступлению. Полушку немного прибыли украсть, но за рублем охотно многие протянут руку. Возьми его назад, добрый господин, и ты и я с твоим рублем можем сделать вора. — О истина! колико ты тяжка чувствительному сердцу, когда ты бываешь в укоризну. — Возьми его назад, мне, право, он не надобен, да и я уже не стою! ибо не служил изображенному на нем государю. Угодно было Создателю, чтобы еще в бодрых моих летах лишен я был вождей моих. Терпеливо сношу его прещение. За грехи мои он меня посетил... Я был воин, на многих бывал битвах с неприятелями отечества; сражался всегда неробко. Но воину всегда должно быть по нужде. Ярость исполняла всегда мое сердце при начатии сражения; я не щадил никогда у ног моих лежащего неприятеля и просящего, безоруженному помилования не дарил. Вознесенный победою оружия нашего, когда устремлялся на карание и добычу, пал я ниц, лишенный зрения и чувств пролетевшим мимо очей в силе своей пушечным ядром. — О! вы, последующие мне, будьте мужественны, но помните человечество. — Возвратил он мне мой рубль и сел опять на место свое покойно.

— Прими мой праздничный пирог, дедушка, — говорила слепому подошедшая женщина лет пятидесяти. — С каким восторгом он принял его обеими руками!

— Вот истинное благодеяние, вот истинная милостыня. Тридцать лет сряду ем я сей пирог по праздникам и по воскресеньям. Не забыла ты своего обещания, что ты сделала во младенчестве своем? И стоит ли то, что я сделал для покойного твоего отца, чтобы ты до гроба моего меня не забывала? Я, друзья мои, избавил отца ее от обыкновенных нередко побой крестьянам от проходящих солдат. Солдаты хотели что-то у него отнять; он с ними заспорил. Дело было за гумнами. Солдаты начали мужика бить; я был сержантом той роты, которой были солдаты, прилучился тут; прибежал на крик мужика и его избавил от побой; может быть, чего и больше, но вперед отгадывать нельзя. Вот что вспомнила кормилица моя нынешняя, когда увидела меня здесь в нищенском состоянии. Вот чего не позабывает она каждый день и каждый праздник. Дело мое было невеликое, но доброе. А доброе приятно Господу; за ним никогда ничто не пропадает.

— Неужели ты меня столько пред всеми обидишь, старичок, — сказал я ему, — и одно мое отвергнешь подаяние? Неужели моя милостыня есть милостыня грешника? Да и та бывает ему на пользу, если служит к умягчению его ожесточенного сердца. — Ты огорчаешь давно уже огорченное сердце естественною казнию, — говорил старец, — не ведал я, что мог тебя обидеть, не приемля на вред послужить могущего подаяния; прости мне мой грех, но дай мне, коли хочешь мне дать, дай, что может мне быть полезно... Холодная у нас была весна, у меня болело горло — платчишка не было чем повязать шеи — Бог помиловал, болезнь миновалась... Нет ли старинького у тебя платка? Когда у меня заболит горло, я его повяжу; он мою согреет шею, горло болеть перестанет; я тебя вспоминать буду, если тебе нужно воспоминовение нищего. — Я снял платок с моей шеи, повязал на шею слепого... И расстался с ним.

Возвращаяся через Клин, я уже не нашел слепого певца. Он за три дни моего приезда умер. Но платок мой, — сказывала мне та, которая ему приносила пирог по праздникам, — надел, заболев перед смертию, на шею, и с ним положили его во гроб. О! если кто чувствует цену сего платка, тот чувствует и то, что во мне происходило, слушав сие.

ПЕШКИ

Сколь мне ни хотелось поспешать в окончании моего путешествия, но, по пословице, голод — не свой брат, принудил меня зайти в избу и, доколе не доберуся опять до рагу, фрикасе, паштетов и протчего французского кушанья, на отраву изобретенного, принудил меня пообедать старым куском жареной говядины, которая со мною ехала в запасе. Пообедав сей раз гораздо хуже, нежели иногда обедают многие полковники (не говорю о генералах) в дальних походах, я, по похвальному общему обыкновению, налил в чашку приготовленного для меня кофию и услаждал прихотливость мою плодами пота нещастных африканских невольников.

Увидев предо мною сахар, месившая квашню хозяйка подослала ко мне маленького мальчика попросить кусочек сего боярского кушанья. — Почему боярское? — сказал я ей, давая ребенку остаток моего сахара. — Неужели и ты его употреблять не можешь? — Потому и боярское, что нам купить его не на что, а бояре его употребляют для того, что не сами достают деньги. Правда, что и бурмистр наш, когда ездит к Москве, то его покупает, но также на наши слезы. — Разве ты думаешь, что тот, кто употребляет сахар, заставляет вас плакать? — Не все, но все господа — дворяне. Разве ты не слезы ли ты крестьян своих пьешь, когда они едят такой же хлеб, как и мы? — Говоря сие, показывала она мне состав своего хлеба. Он состоял из трех четвертей мякины и одной части несеяной муки. — Да и то слава Богу при нынешних неурожаях. У многих соседей наших и того хуже. Что ж вам, бояре, в том прибыли, что вы едите сахар, а мы голодны? Ребята мрут, мрут и взрослые. Но как быть! Потужишь, потужишь, а делай то, что господин велит. — И начала сажать хлебы в печь.

Сия укоризна, произнесенная не гневом или негодованием, но глубоким ощущением душевныя скорби, исполнила сердце мое грустию. Я обозрел в первый раз внимательно всю утварь крестьянския избы. Первый раз обратил сердце к тому, что доселе на нем скользило. — Четыре стены, до половины покрытые, так как и весь потолок, сажею; пол в щелях, на вершок по крайней мере поросший грязью; печь без трубы, но лучшая защита от холода, и дым, всякое утро зимою и летом наполняющий избу; окончины, в коих натянутый пузырь смеркающийся в полдень пропускал свет; горшка два или три (счастлива изба, коли в одном из них всякий день есть пустые щти!). Деревянная чашка и кружки, тарелками называемые; стол, топором срубленный, который скоблят скребком по праздникам. Корыто кормить свиней или телят, буде есть, спать с ними вместе, глотая воздух, в коем горящая свеча как будто в тумане или за завесою кажется. К счастию, кадка с квасом, на уксус похожим, и на дворе баня, в коей коли не парятся, то спит скотина. Посконная рубаха, обувь, данная природою, онучки с лаптями для выхода. — Вот в чем почитается по справедливости источник государственного избытка, силы, могущества; но тут же видны слабость, недостатки и злоупотребления законов и их шероховатая, так сказать, сторона. Тут видна алчность дворянства, грабеж, мучительство наше и беззащитное нищеты состояние. — Звери алчные, пиявицы ненасытные, что крестьянину мы оставляем? то, чего отнять не можем, — воздух. Да, один воздух. Отъемлем нередко у него не токмо дар земли, хлеб и воду, но и самый свет. — Закон запрещает отъяти у него жизнь. — Но разве мгновенно. Сколько способов отъяти ее у него постепенно! С одной стороны — почти всесилие, с другой — немощь беззащитная. Ибо помещик в отношении крестьянина есть законодатель, судия, исполнитель своего решения и, по желанию своему, истец, против которого ответчик ничего сказать не смеет. Се жребий заклепанного во узы, се жребий заключенного в смрадной темнице, се жребий вола во ярме...

Жестокосердный помещик! Посмотри на детей крестьян тебе подвластных. Они почти наги. Отчего? не ты ли родших их в болезни и горести обложил сверх всех полевых работ оброком? Не ты ли несотканное еще полотно определяешь себе в пользу? На что тебе смрадное рубище, которое к неге привыкшая твоя рука подъяти гнушается? едва послужит оно на отирание служащего тебе скота. Ты собираешь и то, что тебе не надобно, несмотря на то, что неприкрытая нагота твоих крестьян тебе в обвинение будет. Если здесь нет на тебя суда, — но пред судиею, не ведающим лицеприятия, давшим некогда и тебе путеводителя благого, совесть, но коего развратный твой рассудок давно изгнал из своего жилища, из сердца твоего. Но не ласкайся безвозмездием. Неусыпный сей деяний твоих страж уловит тебя наедине, и ты почувствуешь его кары. О! если бы они были тебе и подвластным тебе на пользу... О! если бы человек, входя почасту во внутренность свою, исповедал бы неукротимому судии своему, совести, свои деяния. Претворенный в столп неподвижный громоподобным ее гласом, не пускался бы он на тайные злодеяния; редки бы тогда стали губительствы, опустошения... и пр. и пр. и пр.

ЧЕРНАЯ ГРЯЗЬ

Здесь я видел также изрядный опыт самовластия дворянского над крестьянами. Проезжала тут свадьба. Но вместо радостного поезда и слез боязливой невесты, скоро в радость претвориться определенных, зрелись на челе определенных вступать в супружество печаль и уныние. Они друг друга ненавидят и властию господина своего влекутся на казнь, к алтарю отца всех благ, податоля нежных чувствований и веселий, зиждителя истинного блаженства, творца вселенныя. И служитель его примет исторгнутую властию клятву и утвердит брак! И сие назовется союзом божественным! И богохуление сие останется на пример другим! И неустройство сие в законе останется ненаказанным!.. Почто удивляться сему? Благословляет брак наемник; градодержатель, для охранения закона определенный, — дворянин. Тот и другой имеют в сем свою пользу. Первый ради получения мзды; другой, дабы, истребляя поносительное человечеству насилие, не лишиться самому лестного преимущества управлять себе подобным самовластно. — О! горестная участь многих миллионов! конец твой сокрыт еще от взора и внучат моих...

Я тебе, читатель, позабыл сказать, что парнасский судья, с которым я в Твери обедал в трактире, мне сделал подарок. Голова его над многим чем испытывала свои силы. Сколь опыты его были удачны, коли хочешь, суди сам, а мне скажи на ушко, каково тебе покажется. Если, читая, тебе захочется спать, то сложи книгу и усни. Береги ее для бессонницы.

СЛОВО О ЛОМОНОСОВЕ

Приятность вечера после жаркого летнего дня выгнала меня из моей кельи. Стопы мои направил я за Невский монастырь и долго гулял в роще, позади его лежащей[1]. Солнце лице свое уже скрыло, но легкая завеса ночи едва-едва ли на синем своде была чувствительна[2]. Возвращаясь домой, я шел мимо Невского кладбища. Ворота были отверсты. Я вошел... На сем месте вечного молчания, где наитвердейшее чело поморщится несомненно, помыслив, что тут долженствует быть конец всех блестящих подвигов, на месте незыблемого спокойствия и равнодушия непоколебимого, могли ли бы, казалося, совместно быть кичение, тщеславие и надменность? Но гробницы великолепные? Суть знаки несомненные человеческия гордыни, но знаки желания его жити вечно. Но се ли вечность, которыя человек толико жаждущ?.. Не столп, воздвигнутый над тлением твоим, сохранит память твою в дальнейшее потомство. Не камень со иссечением имени твоего пренесет славу твою в будущие столетия. Слово твое, живущее присно и вовеки в творениях твоих, слово российского племени, тобою в языке нашем обновленное, прелетит во устах народных за необозримый горизонт столетий. Пускай стихии, свирепствуя сложенно, разверзнут земную хлябь и поглотят великолепный сей град, откуда громкое твое пение раздавалося во все концы обширныя России; пускай яростный некий завоеватель истребит даже имя любезного твоего отечества; но доколе слово российское ударять будет слух, ты жив будешь и не умрешь. Если умолкнет оно, то и слава твоя угаснет. Лестно, лестно так умрети. Но если кто умеет исчислять меру сего продолжения, если перст гадания назначит предел твоему имени, то не се ли вечность?.. Сие изрек я в восторге, остановясь пред столпом, над тлением Ломоносова воздвигнутым. — Нет, не хладный камень сей повествует, что ты жил на славу имени российского, не может он сказать, что ты был. Творения твои да повествуют нам о том, житие твое да скажет, почто ты славен.

Где ты, о! возлюбленный мой! где ты! Прииди беседовати со мною о великом муже[3]. Прииди, да соплетем венец насадителю российского слова. Пускай другие, раболепствуя власти, превозносят хвалою силу и могущество. Мы воспоем песнь заслуге к обществу.

Михайло Васильевич Ломоносов родился в Холмогорах...

1. Озерки. (*Прим. Радищева*)
2. Июнь. (*Прим. Радищева*)
3. Радищев обращается здесь к своему другу А.М. Кутузову, которому посвящено "Путешествие".

Рожденный от человека, который не мог дать ему воспитания, дабы посредством оного понятие его изострилося и украсилося полезными и приятными знаниями; определенный по состоянию своему препровождать дни свои между людей, коих окружность мысленныя области не далее их ремесла простирается, сужденный делить время свое между рыбным промыслом и старанием получить мзду своего труда, — разум молодого Ломоносова не мог бы достигнуть той обширности, которую он приобрел, трудясь в испытании природы, ни глас его той сладости, которую он имел от обхождения чистых Мусс. От воспитания в родительском доме о приял маловажное, но ключ учения — знание читать и писать, а от природы — любопытство. И се, природа, твое торжество. Алчное любопытство, вселенное тобою в души наши, стремится к познанию вещей; а кипящее сердце славолюбием не может терпеть пут, его стесняющих. Ревет оно, клокочет, стонет и, махом прерывая узы, летит стремглав (нет преткновения) к предлогу своему. Забыто всё, один предло в уме; им дышим, им живем.

Не выпуская из очей своих вожделенного предмета, юноша собирает познание вещей, в слабейших ручьях протекшего наук источника до нижайших степеней общества. Чуждый руководства, столь нужного для ускорения в познаниях, он первую силу разума своего, память, острит и украшает тем, что бы рассудок его острить долженствовало. Сия тесная округа сведений, кои он мог приобресть на месте рождения своего, не могла усладить жаждущего духа, но паче возгла в юноше непреодолимое к учению стремление. Блажен! что в возрасте, когда волнение страстей изводит нас впервые из нечувствительности, когда приближаемся степени возмужалости, стремление его обратилося к познанию вещей.

Подстрекаем науки алчбою, Ломоносов оставляет родительский дом; течет в престольный град, приходит в обитель иноческих Мусс и вмещается в число юношей, посвятивших себя учению свободных наук и слову Божию.

Преддверие учености есть познание языков; но представляется яко поле, тернием насажденное, и яко гора, строгим камнем усеянная. Глаз не находит тут приятности расположения, стоны путешественника — покойныя гладости на отдохновение, ни зеленеющего убежища утомленному тут нет. Тако учащийся, к неизвестному языку, поражается разными звуками. Гортань его необыкновенным журчанием исходящего из нее воздуха утомляется, и язык, новообразно извиваться принужденный, изнемогает. Разум тут цепенеет, рассудок без действия ослабевает, воображение теряет свое крылие; единая память бдит и острится, и все излучины и отверстия свои наполняет образами неизвестных доселе звуков. При учении языков всё отвратительно и тягостно. Если бы не подкрепляла надежда, что, приучив слух свой к необыкновенности звуков и усвоив чуждые произношения, не откроются потом приятнейшие предметы, то неуповательно, восхотел ли бы кто вступить в столь строгий путь. Но, превзошед сии трудности, коликократно награждается постоянство в понесенных трудах. Новые представляются тогда естества виды, новая цель воображений. Познанием чуждого языка становимся мы гражданами тоя области, где он употребляется, собеседуем с жившими за многие тысячи веков, усвояем их понятия; и всех народов, и всех веков изобретения и мысли сочетаваем и приводим в единую связь.

Упорное прилежание в учении языков сделало Ломоносова согражданином Афин и Рима. И се наградилося его постоянство. Яко слепец, от чрева матерня света не зревший, когда искусною глазоврачевателя рукою воссияет для него величество дневного светила, — быстрым взором протекает он все красоты природы, дивится ее разновидности и простоте. Всё его пленяет, всё поражает. Он живее обыкших всегда во зрении очей чувствует ее изящности, восхищается и приходит в восторг. Тако Ломоносов, получивши сведение латинского и греческого языков, пожирал красоты древних витий и стихотворцев. С ними научился он чувствовать изящности природы; с ними научался познавать все уловки искусства, крыющегося всегда в одушевленных стихотворством видах, с ними научался изъявлять чувствия свои, давать тело — мысли и душу — бездыханному.

Если бы силы мои достаточны были, представил бы я, как постепенно великий муж водворял в понятие свое понятия чуждые, кои преобразовавшись в душе его и разуме, в новом виде явилися в его творениях или родили совсем другие, уму человеческому доселе недоведомые. Представил бы его, ищущего знания в древних рукописях своего училища и гоняющегося за видом учения везде, где казалося быть его хранилище. Часто обманут бывал в ожидании своем, но частым чтением церковных книг он основание положил к изящности своего слога; какое чтение он предлагает всем желающим приобрести искусство российского слова.

Скоро любопытство его щедрое получило удовлетворение. Он ученик стал славного Вольфа. Отрясая правила схоластики или иначе заблуждения, преподанные ему в монашеских училищах, он твердые и ясные полагал степени к восхождению во храм любомудрия. Логика научила его рассуждать; математика — верные делать заключения и убеждаться единою очевидностию; метафизика преподала ему гадательные истины, ведущие часто к заблуждению; физика и химия, к коим, может быть ради изящности силы воображения, прилежал отлично, ввели его в жертвенник природы и открыти ему ее таинства; металлургия и минералогия, яко последственницы предыдущих, привлекли на себя его внимание; и деятельно хотел Ломоносов познать правила, в оных науках руководствующие.

Изобилие плодов и произведений понудило людей менять их на таковые, в коих был недостаток. Сие произвело торговлю. Великие в меновном торгу затруднения побудили мыслить о знаках, всякое богатство и всякое имущество представляющих. Изобретены деньги. Злато и сребро, яко драгоценнейшие по совершенству своему металлы и доселе украшением служившие, преображены стали в знаки, всякое стяжание представляющие. И тогда только, поистине тогда возгорелась в сердце человеческом ненасытная сия и мерзительная страсть к богатствам, которая, яко пламень, вся пожирающий, усиливается, получая пищу. Тогда, оставив первобытную свою простоту и природное свое упражнение — земледелие, человек предал живот свой свирепым волнам или, презрев глад и зной пустынный, претекал чрез оные в неведомые страны для снискания богатств и сокровищ. Тогда, презрев свет солнечный, живый нисходил в могилу и, расторгнув недра земныя, прорывал себе нору, подобен земному гаду, ищущему в нощи свою пищу. Тако человек, сокрываясь в пропастях земных, искал блестящих металлов и сокращал пределы своея жизни наполовину, питался ядовитым дыханием паров, из земли исходящих. Но как и самая отрава, став иногда привычкою, бывает необходимою человеку в употреблении, так и добывание металлов, сокращая дни ископателей, не отвергнуто ради своея смертоности; а паче изысканы способы добывать легчайшим образом большее число металлов по возможности.

Сего-то хотел познать Ломоносов деятельно и для исполнения своего намерения отправился в Фрейберх. Мне мнится, зрю его пришедшего к отверстию, чрез которое истекает исторгнутый из недр земных металл. Приемлет томное светило, определенное освещать его в ущелинах, куда солнечные лучи досязать не могут николи. Исполнил первый шаг; — что делаешь? — вопиет ему рассудок. — Неужели отличила тебя природа своими дарованиями для того только, чтобы ты употреблял их на пагубу своея собратии? Что мыслишь, нисходя в сию пропасть? Желаешь ли снискать вящее искусство извлекати сребро и злато? Или не ведаешь, какое в мире сотворили они зло? Или забыл завоевание Америки?.. Но нет, нисходи, познай подземные ухищрения человека и, возвратясь в отечество, имей довольно крепости духа подать совет зарыть и заровнять сии могилы, где тысящи в животе сущие погребаются.

Трепещущ нисходит в отверстие и скоро теряет из виду живоносное светило. Желал бы я последовать ему в подземном его путешествии, собрать его размышлении и представить их в той связи и тем порядком, какими они в разуме его возрождалися. Картина его мыслей была бы для нас увеселительною и учебною. Проходя первый слой земли, источник всякого прозябания, подземный путешественник обрел его несходственным с последующими, отличающимся от других паче всего своею плодоносною силою. Заключал, может быть, из того, что поверхность сия земная не из чего иного составлена, как из тления животных и прозябений, что плодородие ее, сила питательная и возобновительная, начало свое имеет в неразрушимых и первенственных частях всяческого бытия, которые, не переменяя своего существа, переменяют вид только свой, из сложения случайного рождающийся. Проходя далее, подземный путешественник зрел землю всегда расположенную слоями. В слоях находил иногда остатки животных, в морях живущих, находил остатки растений и заключать мог, что слоистое расположение земли начало свое имеет в наплавном положении вод и что воды, переселяяся из одного края земного шара к другому, давали земле тот вид, какой она в недрах своих представляет. Сие единовидное слоев расположение, теряяся из его зрака, представляло иногда ему смешение многих разнородных слоев. Заключал из того, что свирепая стихия, огнь, проникнув в недра земные и встретив противуборствующую себе влагу, ярясь, мутила, трясла, валила и метала всё, что ей упорствовать тщилося своим противодействием. Смутив и смешав разнородныя, знойным своим дохновением возбудила в первобытностях металлов силу притяжательную и их соединила. Там узрел Ломоносов сии мертвые по себе сокровища в природном их виде, воспомянул алчбу и бедствие человеков и с сокрушенным сердцем оставил сие мрачное обиталище людской ненасытности.

Упражняяся в познании природы, он не оставил возлюбленного своего учения стихотворства. Еще в отечестве своем случай показал ему, что природа назначила его к величию; что в обыкновенной стезе шествия человеческого он скитаться не будет. Псалтирь, Симеоном Полоцким в стихи преложенная, ему открыла в нем таинство природы, показала, что и он стихотворец. Беседуя с Горацием, Виргилием и другими древними писателями, он давно уже удостоверился, что стихотворение российское весьма было несродно благогласию и важности языка нашего. Читая немецких стихотворцев, он находил, что слог их был плавнее российского, что стопы в стихах были расположены по свойству языка их. И так он вознамерился сделать опыт сочинения новообразными стихами, поставив сперва российскому стихотворению правила, на благогласии нашего языка основанные. Сие исполнил он, написав оду на победу, одержанную российскими войсками над турками и татарами, и на взятие Хотина, которую из Марбурга он прислал в Академию наук. Необыкновенность слога, сила выражения, изображения, едва не дышущие, изумили читающих сие новое произведение. И сие первородное чадо стремящегося воображения по неприложному пути в доказательство с другими купно послужило, что, когда народ направлен единожды к усовершенствованию, он ко славе идет не одной тропинкою, но многими стезями вдруг.

Сила воображения и живое чувствование не отвергают разыскания подробностей. Ломоносов, давая примеры благогласия, знал, что изящность слога основана на правилах, языку свойственных. Восхотел их извлечь из самого слова, не забывая однако же, что обычай первый всегда подает в сочетании слов пример, и речения, из правила исходящие, обычаем становятся правильными. Раздробляя все части речи и сообразуя их с употреблением их, Ломоносов составил свою грамматику. Но не довольствуяся преподавать правила российского слова, он дает понятие о человеческом слове вообще яко благороднейшем по разуме даровании, данном человеку для сообщения своих мыслей. Се сокращение общей его грамматики; слово представляет мысли; орудие слова есть голос; голос изменяется образованием или выговором; различное изменение голоса изображает различие мыслей; итак, слово есть изображение мыслей, посредством образования голоса чрез органы, на то устроенные. Поступая далее от сего основания, Ломоносов определяет неразделимые части слова, коих изображения называют буквами. Сложение нераздельных частей слова производят склады, кои опричь образовательного различия голоса различаются еще так называемыми ударениями, на чем основывается стихосложение. Сопряжение складов производит речения, или знаменательные части слова. Сии изображают или вещь, или ее деяние. Изображение словесное вещи называется *имя*; изображение деяния — *глагол*. Для изображения же сношения вещей между собою и для сокращения их в речи служат другие части слова. Но первые суть необходимы и называться могут главными частями слова, а прочие служебными. Говоря о разных частях слова, Ломоносов находит, что некоторые из них имеют в себе отмены. Вещь может находиться в разных в рассуждении других вещей положениях. Изображение таковых положений и отношений именуется падежами. Деяние всякое располагается по времени; оттуда и глаголы расположены по временам, для изображения деяния, в какое время оное происходит. Наконец Ломоносов говорит о сложении знаменательных частей слова, что производит речи.

Предпослав таковое философические рассуждение о слове вообще, на самом естестве телесного нашего сложения основанном, Ломоносов преподает правила российского слова. И могут ли быть они посредственны, когда начертавший их разум водим был в грамматических терниях светильником остроумия? Не гнушайся, великий муж, сея хвалы. Между согражданами твоими не грамматика твоя одна соорудила тебе славу. Заслуги твои о российском слове суть многообразны; и ты почитаешься в малопритяжательном сем своем труде яко первым основателем истинных правил языка нашего и яко разыскателем естественного расположения всяческого слова. Твоя грамматика есть преддверие чтения твоея риторики, а та и другая — руководительницы для осязания красот изречения творений твоих. Поступая в преподавании правил, Ломоносов вознамерился руководствовать согражданам своим в стезях тернистых Геликона, показав им путь к красноречию, начертавая правила риторики и поэзии. Но краткость его жизни допустила его из подъятого труда совершить одну только половину.

Человек, рожденный с нежными чувствами, одаренный сильным воображением, побуждаемый любочестием, исторгается из среды народныя. Восходит на лобное место. Все взоры на него стремятся, все ожидают с нетерпением его произречения. Его же ожидает плескание рук или посмеяние, горшее самыя смерти. Как можно быть ему посредственным? Таков был Демосфен, таков был Цицерон; таков был Пит; таковы ныне Бурк, Фокс, Мирабо и другие. Правила их речи почерпаемы в обстоятельствах, сладость изречения — в их чувствах, сила доводов — в их остроумии. Удивляяся толико отменным в слове мужам и раздробляя их речи, хладнокровные критики думали, что можно начертать правила остроумию и воображению, думали, что путь к прелестям проложить можно томными предписаниями. Сие есть начало риторики. Ломоносов, следуя, не замечая того, своему воображению, исправившему беседою с древними писателями, думал также, что может сообщить согражданам своим жар, душу его исполнявший. И хотя он тщетный в сем предприял труд, но примеры, приводимые им для подкрепления и объяснения его правил, могут несомненно руководствовать пускающемуся вслед славы, словесными науками стяжаемой.

Но если тщетный его был труд в преподавании правил тому, что более чувствовать должно, нежели твердить, — Ломоносов надежнейшие любящим российское слово оставил примеры в своих творениях. В них сосавшие уста сладости Цицероновы и Демосфеновы растворяются на велеречие. В них на каждой строке, на каждом препинании, на каждом слоге, почто не могу сказать при каждой букве, слышен стройный и согласный звон столь редкого, столь мало подражаемого, столь свойственного ему благогласия речи.

Прияв от природы право неоцененное действовать на своих современников, прияв от нее силу творения, поверженный в среду народныя толщи, великий муж действует на оную, но и не в одинаковом всегда направлении. Подобен силам естественным, действующим от средоточия, которые, простирая действие свое во все точки окружности, деятельность свою присну везде соделовают, — тако и Ломоносов, действуя на сограждан своих разнообразно, разнообразно отверзал общему уму стези на познании. Повлекши его за собою вослед, расплетая запутанный язык на велеречие и благогласие, не оставил его при тощем без мыслей источнике словесности. Воображению вещал: лети в беспредельность мечтаний и возможности, собери яркие цветы одушевленного и, вождаяся вкусом, украшай оными самую неосязательность. И се паки гремевшая на Олимпических играх Пиндарова труба возгласила хвалу Всевышнего вослед псальмопевца. На ней возвестил Ломоносов величие предвечного, восседающего на крыле ветренней, предшествуемого громом и молнию и в солнце являя смертным свою существенность, жизнь. Умеряя глас трубы Пиндаровой, на ней же он воспел бренность человека и близкой предел его понятий. В бездне миров беспредельной, как в морских волнах малейшая песчинка, как во льде, не тающем николи, искра едва блестящая, в свирепейшем вихре как прах тончайший, что есть разум человеческий? Се ты, о Ломоносов, одежда моя тебя не сокроет.

Не завидую тебе, что, следуя общему обычаю ласкати царям, нередко недостойным не токмо похвалы, стройным гласом воспетой, но ниже гудочного бряцания, ты льстил похвалою в стихах Елисавете. И если бы можно было без уязвления истины и потомства, простил бы я то тебе ради признательныя твоея души ко благодеяниям. Но позавидует не могущий вослед тебе идти писатель оды, позавидует прелестной картине народного спокойствия и тишины, сей сильной ограды градов и сел, царств и царей утешения, позавидует бесчисленным красотам твоего слова, и если удастся когда-либо достигнуть непрерывного твоего в стихах благогласия, но доселе не удалося еще никому. И пускай удастся всякому превзойти тебя своим сладкопением, пускай потомкам нашим покажешься ты нестроен в мыслях, неизбыточен в существовании твоих стихов!.. Но воззри: в пространном ристалище, коего конца око не дозязает, среди толпящейся многочисленности, на возглавии, впереди всех, се врата отверзающ к ристалищу, се ты. Прославиться всяк может подвигами, но ты был первый. Самому всесильному нельзя отъять у тебя того, что дал. Родил он тебя прежде других, родил тебя в вожди, и слава твоя есть слава вождя. О! вы, доселе бесплодно трудящиеся над познанием существенности души и как сия действует на телесность нашу, се трудная вам предлежит задача на испытание. Вещайте, как душа действует на душу, какая есть связь между умами? Если знаем, как тело действует на тело прикосновением, поведайте, как неосязаемое действует на неосязаемое, производя вещественность; или какое между безвещественностей есть прикосновение. Что оно существует, то знаете. Но если ведаете, какое действие разум великого мужа имеет над общим разумом, то ведайте еще, что великий муж может родить великого мужа; и се венец твой победоносный. О! Ломоносов, ты произвел Сумарокова.

Но если действие стихов Ломоносова могло размашистый сделать шаг в образовании стихотворческого понятия его современников, красноречие его чувствительного или явного ударения не сделано. Цветы, собранные им в Афинах и в Риме и столь удачно в словах его пресажденные, сила выражения Демосфенова, сладкоречие Цицероново, бесплодно употребленные, повержены еще во мраке будущего. И кто? он же, пресытившися обильным велеречием похвальных твоих слов, возгремит не твоим хотя слогом, но будет твой воспитанник. Далеко ли время сие или близко, блудящий взор, скитаяся в неизвестности грядущего, не находит подножия остановиться. Но если мы непосредственного от витийства Ломоносова не находим отродия, действие его благогласия и звонкого препинания бесстопной речи было, однако же, всеобщее. Если не было ему последователя в витийстве гражданском, но на общий образ письма оно распространилося. Сравни то, что писано до Ломоносова, и то, что писано после его, — действие его прозы будет всем внятно.

Но не заблуждаемся ли мы в нашем заключении? Задолго до Ломоносова находим в России красноречивых пастырей церкви, которые, возвещая слово Божие пастве своей, ее учили и сами словом своим славилися. Правда, они были; но слог их не был слог российский. Они писали, как можно было писать до нашествия татар, до сообщения россиян с народами европейскими. Они писали языком славенским. Но ты, зревший самого Ломоносова и в творениях его поучаяся, может быть, велеречию, забвен мною не будешь. Когда российское воинство, поражая гордых оттоманов, превысило чаяние всех, на подвиги его взирающих оком равнодушным или завистливым, ты, призванный на торжественное благодарение Богу браней, Богу сил, о! ты, в восторге души твоей к Петру взывающий над гробницею его, да приидет зрети плода своего насаждения: *"Восстани, Петр, восстани*[1]*"*; когда очарованное тобою ухо очаро-

---

1. Имеется в виду речь митрополита Платона Левшина, произнесенная в 1772 г. у гроба Петра Великого по случаю побед русского флота над турецким.

вало по чреде око, когда казалося всем, что, приспевый ко-гробу Петрову, воздвигнути его желаешь, силою высею одаренный, тогда бы и я вещал к Ломоносову: зри, зри и здесь твое насаждение. Но если он слову мог тебя научить... В Платоне душа Платона и да восхитит и увидит нас, тому учило его сердце.

Чуждый раболепствования не токмо в том, что благоговение наше возбуждать может, но даже и в люблении нашем, мы, отдавая справедливость великому мужу, не возмним быти ему богом всезиждущим, не посвятим его истуканом на поклонение обществу и не будем пособниками в укоренении какого-либо предрассуждения или ложного заключения. Истина есть высшее для нас божество, и, если бы всесильный восхотел изменить ее образ, являяся не в ней, лице наше будет от него отвращено.

Следуя истине, не будем в Ломоносове искать великого дееписателя, не сравним его с Тацитом, Реналем или Робертсоном, не поставим его на степени Маркграфа или Ридигера, зане упражнялся в химии. Если сия наука была ему любезна, если многие дни жития своего провел он в исследовании истин естественности, но шествие его было шествие последователя. Он скитался путями проложенными и в нечисленном богатстве природы не нашел он ни малейшия былинки, которой бы не зрели лучшие его очи, не соглядал он ниже грубейшия пружины в вещественности, которую бы не обнаружили его предшественники.

Ужели поставим его близ удостоившегося наилестнейшия надписи, которую человек низ изображения своего зреть может? Надпись, начертанная не ласкательством, но истиною, дерзающею на силу: *"Се исторгнувший гром с небеси и скиптр из руки царей"*. За то ли Ломоносова близь его поставим, что преследовал електрической силе в ее действиях; что не отвращен был от исследования о ней, видя силою ее учителя своего пораженного смертно. Ломоносов умл производить електрическую силу, умл отвращать удары грома, но Франклин в сей науке есть зодчий, а Ломоносов рукодел.

Но если Ломоносов не достиг великости в испытаниях природы, он действия ее великолепные описал нам слогом чистым и внятным. И, хотя мы не находим в творениях его, до естественныя науки касающихся, изящного учителя естест-венности, найдем, однако же, учителя в слове и всегда достойный пример для последования.

Итак, отдавая справедливость великому мужу, поставляя имя Ломоносова в достойную его лучезарность, мы не ищем здесь вменить ему и то в достоинство, чего он не сделал или на что не действовал; или только, распложая неистовое слово, вождаемся исступлением и пристрастием? Цель наша не сия. Мы желаем показать, что в отношении российской словесности тот, кто путь ко храму славы проложил, есть первый виновник в приобретении славы, хотя бы он войти во храм не мог. Бакон Веруламский не достоин разве напоминовения, что мог токмо сказать, как можно размножать науки? Не достойны разве признательности мужественные писатели, восстающие на губительство и всесилие, для того, что не могли избавить человечества из оков и пленения? И мы не почтем Ломоносова для того, что не разумел правил позорищного стихотворения и томился в эпопее, что чужд был в стихах чувствительности, что не всегда проницателен в суждениях и что в самых одах своих вмещал иногда более слов, нежели мыслей? Но внемли: прежде начатия времени, когда не было бытию опоры и вся терялося в вечности и неизмеримости, всё источнику сил возможно было, вся красота вселенныя существовала в его мысли, но действия не было, не было начала. И се рука всемощная, толкнув вещественность в пространство, дала ей движение. Солнце воссияло, луна прияла свет, и телеса крутящиеся горе образовались. Первый мах в творении всесилен был; вся чудесность мира, вся его красота суть только следствия. Вот как понимаю я действие великия души над душами современников или потомков; вот как понимаю действие разума над разумом. В стезе российской словесности Ломоносов есть первый. Беги, толпа завистливая, се потомство о нем судит, оно нелицемерно.

Но, любезный читатель, я с тобою закалякался... Вот уже Всесвятское... Если я тебе не наскучил, то подожди меня у околицы, мы повидаемся на возвратном пути. Теперь прости. — Ямщик, погоняй.

Москва! Москва!!!...

СЛОВАРЬ УСТАРЕВШИХ И НЕПОНЯТНЫХ СЛОВ[1]

Аки — как.
Амбицио — по-латыни значит: во-первых — домогательство, желание расположить в свою пользу, лесть; во-вторых — тщеславие, честолюбие.
Амо — куда, где.
Ариман — древнеперсидское божество зла.
Ассия — Азия.

Бесстопная речь — проза.
Благогласие — музыкальная гармония.
Благой — добрый, хороший.
Блудящий — заблуждающийся, заблудившийся.
Блуждение — заблуждение.
Бо — ибо.
Болван — статуя, истукан, чурбан.
Брама — Бог индусской религии.
Брашно — пища, еда.
Буде — если.
Былие — злак, растение.

Ванты — мачтовые снасти на корабле.
Велеречие — красноречие.
Вертеп — пещера.
Верющее письмо — доверенность.
Веси (от глагола "ведать") — знай.
Вещественность — вещество, природа.
Водовод — водопровод.
Вождаться — руководиться, быть водимым.
Волчец — колючая сорная трава.
Воньмут им (от глагола "внимать") — будут слушать их.
Воскране — край.
Восхищать, восхитить — похитить, увести.
Времяточие — эпоха, период.
Всток — восток, восход (солнца).
Выя — шея.

Геликон — гора в Греции (в Беотии), посвященная Аполлону, богу солнца и искусств, и музам; символ поэзии, словесного искусства.
Горе — вверху, наверх.
Гудок — народный музыкальный инструмент.

Дееписатель — историк.
Десная — правая (рука); **одесную** — справа.
Довлеет — следует, надлежит.
Долбия — молот.
Дондеже — до тех пор пока.
Досязать — достигать.

Егда — когда.
Егова — еврейский Бог.
Еже — которое.
Есте — второе лицо множественного числа настоящего времени от глагола "быть".

Жадать — жаждать, желать, стремиться.
Жалобница — жалоба, подаваемая в правительственное учреждение.
Живот — жизнь.
Жилье — этаж; **дом в три жилья** — дом в три этажа.

Заклепы — оковы.
Зане — потому что.
Зороастр — легендарный основатель персидской религии.

Извет — извещение, проявление.
Изленение — лень, привычка к лени.
Источиться — вытечь.
Исходящий из правила — выходящий из правила.
Ифика — этика.

Капище — языческий храм.
Квакеры — английская секта, обращавшая особое внимание на вопросы общественной морали в духе буржуазного демократизма.
Класы — колосья.
Клача — кляча.
Ключимый — заключенный.
Колико — как, сколько.
Колико кратно — сколько раз.
Контрфорс — подпора для поддержания стены, здания.
Копоткий — медлительный.
Кормило — руль.
Кошки — плети с несколькими хвостами.
Крайчий — кравчий, то есть человек, должность которого состояла в услугах у стола.
Крин — лилия.
Крючок сивухи — чарка сивухи.

Лакедемон — Спарта, древнегреческое государство.
Ласкательство — лесть.
Ласкать — льстить.
Лепота — красота.
Лествица — лестница.
Лик — хор.
Линёк — веревка, которой били матросов.
Лиценциат — ученая степень в некоторых университетах.
Личина — маска.

---

1. Объяснение слов дано применительно к тому смыслу, какой они имеют у Радищева.

Любомудрие — философия.
Любочестие — честолюбие.
Льзя — можно.

Мерзить — относиться с отвращением.
Мета — цель.
Мусса — муза.

Наикраснейший — прекраснейший.
Небрегу (от глагола "небречь, небрещи") — принебрегаю, не забочусь.
Несть — нет.
Неуповательно — едва ли, сомнительно.
Ниже — ни.
Низ изображения — под изображением.
Николи — никогда.
Нудиться — принуждаться.

Обесстудел — стал бесстыдным.
Облый — круглый, толстый.
Обыдут (от глагола "обыти") — обойдут, обманут, обольстят.
Озорный — большой.
Орание — землепашество.
Оратай — пахарь.
Отжену — отгоню.
Отишие — затишье, тишина.
Отмены — различия, изменения.
Отриновен чего-нибудь — отрешен от чего-нибудь, удален от чего-нибудь.
Оттоманы — турки.
Отчинник — помещик; **великие отчинники** — владельцы крупных имений с большим числом крепостных.
Ошую — слева (**шуйца** — левая рука).
Пекися (от глагола "пещись, пещися") — заботься, старайся.
Плена — пелена, пленка.
Плескание рук — рукоплескание.
Подвизать — подвигать, побуждать.
Поженет — уничтожит, будет мучить.
Позорище — зрелище.
Позыбнуться — поколебаться.
Позыв — зов, призыв.
Полдень — юг.
Ползущество — низкопоклонство, подхалимство.
Полуденный — южный.
Поносный — постыдный, позорный.
Потоне — немного тоньше.
Предлог — предмет, причина.
Предрассуждение — предрассудок.
Претить — запрещать, угрожать.
Преследовать — следовать, последовать.
Прещение — запрещение, запрет, угроза, приказ.

Призариться — позариться.

Приличать — уличать.

Применить к чему-нибудь — сравнить с чем-нибудь.

Присный — присутствующий, всегдашний.

Прогоны — деньги за поездку (в частности, за поездку по казенному поручению).

Прозябать — произрастать.

Произносить — приносить.

Противный случай — несчастный, враждебный случай.

Разве — если, если не.

Рамо, рамена — плечо, плечи.

Рачение — усердие, старание, забота.

Рдеть — быть красным, краснеть.

Ристалище — место, на котором происходят спортивные состязания и конские скачки; выйти на (в) ристалище — вступить в открытое соревнование, в борьбу.

Родшая — мать, родившая.

Родшие — родители.

Розыск — следствие (судебное); пытка.

Селитьба — населенное место.

Сице — так.

Склады — слоги (в слове).

Скосырь — щеголь и забияка.

Словутый — знаменитый.

Соборный — соединенный, общий, народный.

Совместно — уместно.

Соглядать — видеть, наблюдать.

Содей (от глагола "соделать") — сделай.

Соитие — стечение, совпадение.

Соплащать — соединять, сливать.

Стерть — стереть, уничтожить.

Столп — колонна.

Стопы нести — идти.

Струг — столярный инструмент для строгания, рубанок.

Стяжаемый — добываемый, получаемый.

Сущий в животе — живущий, живой.

Сый — всегда, везде пребывающий, Бог.

Тать — вор.

Татьство — воровство.

Твердь — опора, укрепление.

Темляк — шнур или ремешок с кистью на конце, прикреплявшийся к шпаге.

Течь — идти; **течет** — идет, стекается.

Титло — титул.

Тля — тление, разложение; тленное, прах.

Толико — так, столь.

Тощета — худоба.

Тракт — трактат, дипломатический договор.
Тук — жир.
Тщатися — стараться, стремиться.

Убо — ибо, так как, поэтому.
Уподробить — изложить, рассказать подробно.
Устерсы — устрицы.
Усугубляться — удваиваться.
Утщетить — сделать тщетным.

Хвилый — слабый, хилый.
Хлябь — пропасть, бездна.
Храмина — комната.

Чадо, чада — дитя, дети (**по чадех** — о детях).
Чесатель — парикмахер.
Чикчеры (чикчиры) — длинные обтяжные брюки.
Чиносостояние — сословие.
Чрезъестественный — сверхъестественный.
Чресла — поясница.
Шественник — идущий.

Яко — как.
Ям — деревня или село, в котором крестьяне занимались почтовым извозом; почтовая станция.
Японча (епанча) — плащ.

СОДЕРЖАНИЕ

IMPRIMÉ EN CEE
le 03-10-1994
B/94BK30 – Dépôt légal, septembre 1994
ISBN : 287714-258-2